Ryek Darkener
Fliegen lernen mit Rabe

AF239849

Das Buch

Die Handlung des Buches kann man als typische Mann-trifft-Frau-Geschichte bezeichnen, welche in einem Urban Fantasy Setting stattfindet und die melancholische Untertöne hat. Dennoch sollte man Klischees nicht unterschätzen. Sie ermöglichen es, Handlungen und Gefühle gut verständlich zu transportieren und geben Raum für darüber hinausgehende Regieanweisungen für das Kopfkino. Die fantasyhaften Aspekte sind gut geeignet, Dinge losgelöst vom realen Kontext gewissermaßen unter die Lupe zu nehmen. Urban Fantasy ist mehr als Drachen und Prinzessinnen – oder haben Sie etwa für alles, was in Ihrem bisherigen Leben passiert ist, eine rationale Erklärung? ;)

Inhaltswarnung:
Dieses Buch enthält fiktive Schilderungen von traumatischen Erlebnissen, die ggfs. Auslösereiz bei Betroffenen sein können.

Der Autor

Ryek Darkener ist seit geraumer Zeit in virtuellen Welten unterwegs. Das Schreiben begann er 2007 mit Fan-Fiction Kurzgeschichten, die sich auf ein Online-Spiel beziehen. Im Laufe der Zeit kamen eigene Themen dazu. Ryek schreibt Science-Fiction, Fantasy, Mystery. Sein großes Projekt ist die SF Saga "Geschichten aus der Welt nach dem Letzten Krieg".

Ryek Darkener

Fliegen lernen mit Rabe

URBAN FANTASY ROMAN

Die Deutsche Nationalbibliothek verzeichnet diese Publikation in der Deutschen Nationalbibliografie; detaillierte bibliografische Daten sind im Internet über http://dnb.dnb.de abrufbar.

© 2022 Ryek Darkener
Herstellung und Verlag:
BoD – Books on Demand, Norderstedt

gesetzt aus der Vollkorn
erstellt mit *SPBuchsatz*

ISBN: 9783756813773

Inhaltsverzeichnis

Verwundete Flügel

Hans sah sich um. Er war allein. Endlich. Die anderen Besucher hatten die Aussichtsplattform vor einer Weile verlassen, um dem kalten Wind zu entgehen. Niemand kam mehr herauf. In spätestens zehn Minuten würde jemand vom Betriebspersonal auftauchen, um ihn darauf hinzuweisen, dass die Aufenthaltszeit abgelaufen war. Hans lächelte versonnen: Ja, seine Zeit war ebenfalls abgelaufen. Zeit zu gehen. Der Himmel schimmerte in sattem Rot der eben untergegangenen Sonne. Ein letzter Blick über die Stadt, mit den Bergen am Horizont, zum Greifen nah. Hans schlug sich mit den Händen auf die Oberarme, um das Frösteln zu vertreiben. Jetzt.

Er schlenderte gemächlich in Richtung des Turm-Aufzuges, bis zum Ende des die Brüstung überdachenden Schutzgitters. Dann drehte er sich zum Turm, ging in die Hocke, sprang senkrecht hoch, umfasste mit einem entschlossenen Griff das Gitter, schwang sich hinauf. Eine leichte Übung für jemanden, der sportlich war. Die Hemmschwelle war, es TATSÄCHLICH tun zu wollen. Hans richtete sich auf. Nun stand er auf dem Gitter. Er drehte sich um und ging bis zum Rand. Er sah hinunter und hörte in sich hinein. Nichts. Der Wind blies ihm durch die Fleece-Jacke und gab ihm das Gefühl, die Erinnerungen und den Schmerz davonzublasen. Eine willkommene Leere ließ alle Zweifel verblassen. Hans schloss die Augen und breitete die Arme aus. Frei, endlich. Er holte Luft, stellte sich auf die Zehenspitzen und verlagerte den Schwerpunkt nach vorn ...

Ein Schlag vor die Brust ließ ihn rückwärts taumeln. Etwas krallte sich an ihn, verzweifeltes Flügelschlagen. Sein nächster Schritt ging ins Leere. Hans fiel, schlug mit den Armen schmerzhaft an das Gitter, was den Sturz bremste, kam mit den Füßen auf dem Boden auf und fiel auf den Rücken. Für einen Moment wurde ihm schwarz vor Augen. Er blieb liegen, nach Atem ringend. Der Brustkorb schmerzte. So ein Mist! Er rappelte sich mühsam auf, enttäuscht, beunruhigt, und setzte sich hin. Wahrscheinlich ein paar Rippen geprellt. Was hieß, dass er jetzt nicht mehr auf das Schutzgitter hinaufkam. Dann eben nächste Woche. Wenn er schnell war und sich nicht erwischen ließ. Als er aufstehen wollte, sah er den Raben neben sich. Das Tier war benommen, es versuchte schwankend, Anlauf zu nehmen, flatterte kraftlos mit den Flügeln.

»So ein Dreck! Danke, du Blindvogel!«

Der Rabe blieb stehen, drehte sich um und zog seine Flügel an. Er sah erschöpft aus, zitterte.

›Mit etwas Glück werfen die ihn runter, um zu sehen, ob er zu fliegen anfängt‹, ging es Hans durch den Kopf. ›Scheiße! Der kann doch wirklich nichts dafür!‹ Der Aufzug würde in wenigen Sekunden oben sein. Da er die Objektschutz-Leute wohl kaum überreden konnte, ihn anstelle des Vogels hinunterzuwerfen, zog er die Jacke aus und warf sie über den Raben, der sich überraschenderweise nicht wehrte. Hans nahm die Jacke samt Vogel unter den Arm, sprintete zur Nottreppe und riss die Tür auf. Dann schlich er zum Aufzug zurück, kauerte sich neben die Tür und wartete. Eigentlich konnte das, was er vorhatte, nicht funktionieren. Sie mussten ihn sehen.

Die Aufzugtür ging auf und drei Männer traten heraus.

Einer von ihnen drehte sich in seine Richtung und sah über die zusammengekauerte Gestalt hinweg.

»Wo ist der Penner?«, hörte er ihn fragen.

»Scheint die Nottreppe zu nehmen«, meinte einer der anderen. »Den kriegen wir! Los!«

Der ihm am nächsten stehende Mann lief zur Treppe, die beiden anderen gingen um den Aufzug herum, um nach dem erfolglosen Selbstmörder zu suchen. Einer informierte den Empfang per Funk, die Nottreppe im Auge zu behalten.

›Die können doch unmöglich so blöd sein!‹ Hans schlich in den Aufzug und betätigte den Knopf für das Erdgeschoss. Niemand hielt den Aufzug an. Im Eingangsbereich angekommen sah er die Empfangsdame in ihrer Kabine sitzen. Sie sah interessiert am Bildschirm zu, was die Kollegen oben auf dem Turm veranstalteten. Hans robbte unter der Sperre hindurch, stand auf und ging gemächlich zum Ausgang.

»He! Sie! Bleiben Sie stehen!«

Hans tat alles andere als das.

* * *

Er fuhr nach Hause. Nach einigem Suchen fand er einen Parkplatz in der Nähe seiner Wohnung. Als die Siedlung geplant worden war, war man wohl davon ausgegangen, dass nicht jeder Haushalt sich einen fahrbaren Untersatz würde leisten können. Die Realität sah anders aus: Fast jeder über sechzehn war auf zwei oder vier motorisierten Rädern unterwegs, zumeist allein.

Er stieg aus seinem verbeulten Polo und packte den Raben, der es sich in seiner Jacke gemütlich gemacht hatte, in eine große Sporttasche, die im Kofferraum lag. An der Eingangstür des zweistöckigen Wohnhauses zögerte er. Er hatte die Wohnung verlassen mit dem Ziel, nicht mehr zurückzukommen. Die Haustür kam ihm unwirklich vor, wie ein böser, immer wiederkehrender Traum. Etwas, was nicht mehr existierte. Der Schlüssel passte. Hans schloss resigniert auf und betrat den Hausflur.

Auf dem Weg nach oben begegnete er einer Nachbarin. »Guten Abend, Frau Schröder.« »Guten Abend, Herr ...« Ihr Blick fiel auf den Vogel. »Was ist das denn?«, fragte sie erstaunt. »Ein Rabe, glaube ich. Ist mir vor die Scheibe geflogen und noch etwas benommen.« »Aha. Sie wissen schon, dass hier keine Haustiere erlaubt sind?« »Frau Schröder. Das ist kein Haustier. Das ist ein Unfallopfer. Seien Sie bitte nachsichtig. Ich habe nicht vor, den Vogel zu behalten.« Frau Schröder sah Hans misstrauisch an. »Na, gut. Aber passen Sie auf, dass der hier keinen Dreck macht. Wissen Sie denn überhaupt, was so ein Tier braucht?« »Ich sehe es mir im Internet an. Morgen bringe ich den Vogel zum Tierarzt. Ich hoffe, dass er ...« Der Satz und die Umgebung verschwammen. Er senkte den Kopf.

Frau Schröder räusperte sich vorsichtig. »Ja, dann noch einen guten Abend«, meinte sie verlegen.

Hans drehte sich weg und schloss auf. Er betrat die Wohnung, schlug die Tür zu, stellte die Tasche in den dunklen Flur und ging ins Badezimmer, wo er sich eine Weile kaltes Wasser ins Gesicht klatschte.

Etwas zupfte an seinem Hosenbein. »Ja? Was denn?« Der Rabe sah ihn fragend an. Hans spürte eine Leere im Magen. »Hungrig?«

»Krah.«

»Das soll wohl ja heißen.«

Hans setzte den Vogel in die Dusche. Aus der Küche holte er eine Plastikschüssel, die er mit Wasser füllte und vor die Dusche stellte. Der Vogel schien die Anordnung zu begreifen. Hans hatte den Eindruck, dass der Rabe ihn belustigt taxierte. Er zuckte mit den Schultern und ging ins Wohnzimmer. Neben einem bequemen Zweiersofa mit niedrigem Tisch befanden sich ein Schreibtisch samt Bürostuhl. Er startete den Laptop auf dem Schreibtisch, meldete sich an und suchte nach ›Raben‹. »Aha. Allesfresser. Da kann ich wohl nicht viel falsch machen«, murmelte er. Im Kühlschrank lag das Mittagessen, auf das er keinen Hunger mehr gehabt hatte. Das sollte reichen für zwei.

Als er den Tisch gedeckt hatte, stand der Rabe in der Tür und beäugte interessiert das Geschehen. Hans drehte einen Stuhl so, dass die Lehne zum Tisch hin stand, ging zum Raben und hockte sich vor ihn. »Und? Jetzt?«

»Krah.« Der Rabe hüpfte auf ihn zu. Für einen Moment wollte Hans seine Hand ausstrecken, dann fielen ihm rechtzeitig die scharfen Krallen ein. Er besorgte sich ein Handtuch, mit dem er die rechte Hand umwickelte. Dann bot er sie dem Raben an. »Glaub nicht, dass ich dich in der Tasche durch die Gegend trage.«

Der Rabe kletterte auf Hans' Hand. Hans atmete scharf ein und nahm sich vor, beim nächsten Mal ein dickeres Handtuch zu suchen. Der Rabe ließ sich auf der Lehne nieder und wartete. Sein Blick ging misstrauisch über die aufgebauten Nahrungsmittel: etwas Huhn, Kartoffelsalat. Hans nahm ein Stück Fleisch, biss ein wenig ab, kaute und schluckte hinunter. Dann bot er dem Raben die andere Hälfte an. Dieses Angebot wurde akzeptiert.

»Aus welchem Zirkus bist du denn ausgebrochen?«

Der Rabe legte den Kopf schief. Erneut hatte Hans das Gefühl, dass das Tier deutlich mehr verstand, als es den Anschein erweckte. Er schüttelte den Kopf. Wahrscheinlich Einbildung. Mit wie vielen Raben hatte er schon zu tun gehabt? Seine Welt waren Maschinen, je größer, desto besser. Er nahm sie auseinander, reinigte sie und setzte sie wieder zusammen. Rechnete ab und zu nach, ob sie sich nicht verbessern ließen. Das, was es sonst noch gegeben hatte, war vor einem dreiviertel Jahr für immer verschwunden. Ein hellerer Fleck auf der Küchentapete zeigte, dass dort einmal ein Bild gehangen hatte. Hans hatte es abgenommen, weil er den Anblick nicht ertragen konnte. Er sah den Raben an. »Maschin kapuut«, murmelte er. »Maschin kapuut.«

»Wrrupu. Wrrupu.«

Hans sah auf die Uhr. Egal. Wie vieles. »Na gut. Jetzt habe ich dich genug gelangweilt. Zeit zum Schlafengehen.« Er stöberte in der Wohnung herum und packte schließlich ein kleines altes Kopfkissen sowie eine Decke in eine Kunststoffbox, die er nach draußen auf den Balkon stellte. Dort brachte er den Raben unter, wünschte ihm eine gute Nacht, in der Hoffnung, dass er morgen weg sei. Er schloss die Balkontür und machte sich fertig zum Schlafen.

Als er im Bett lag, hörte er ein Klopfen. Er drehte sich auf die andere Seite. Es klopfte erneut, lauter.

»So wird das nichts!« Hans stand auf und öffnete die Tür. »Ich dachte, in der Wildnis sind Tiere niedrige Temperaturen gewöhnt«, meinte er zu niemandem im Besonderen. Der Rabe ignorierte ihn und trippelte in die Wohnung. Hans seufzte resignierend und packte ihn wieder im Bad auf seine Jacke.

»Sonst noch was?«

Der Rabe zupfte sich die Jacke zurecht und zog den Kopf ein.

»Hm.« Hans machte das Licht aus und lehnte die Badezimmertür an. »Hoffentlich hat der bis morgen das mit der Dusche nicht vergessen.« Im Bett liegend, dachte er noch einmal über den Tag nach, der sein letzter hätte sein sollen. Die Rippen taten noch immer ziemlich weh. »Blöder Vogel, blöder!«, schimpfte er leise. »Jetzt muss ich mich um dich kümmern, bevor ich gehen darf!«

* * *

Am Morgen wollte es nicht richtig hell werden. Hans wachte auf, spürte die Rippen und wäre am liebsten liegen geblieben. Nach dem Frühstück meldete er sich bei seiner Firma krank und suchte im Internet den nächstgelegenen Tierarzt. Er hatte Glück: Die Lüge mit dem in die Autoscheibe geflogenen Vogel sorgte dafür, dass er am Vormittag einen Termin bekam.

Er überlegte, wie er den ungewollten Gast nennen sollte. Auch wenn es kein Haustier war: Rabe oder Vogel kam ihm mittlerweile zu unpersönlich vor. Ihm fielen seine letzten Gedanken des gestrigen Abends ein. Er sah den Raben fragend an. »Wie wäre es mit Munin? Das ist angemessen. Immerhin verlängerst du meine Erinnerung.«

»Kroak.« Irgendwie hörte es sich nach Zustimmung an.

* * *

Die Tierärztin sah interessiert zu, wie Hans den Raben aus der Tasche nahm und auf den Behandlungstisch setzte.

»Gegen die Autoscheibe geflogen?«, fragte sie misstrauisch. »Wie schnell sind Sie denn gefahren?«

»Nicht besonders, eigentlich stand ich fast schon. Ob der die Scheibe nicht gesehen hat und mittendurch wollte?« Hans sah, dass die Ärztin ihm die Geschichte nicht abnahm.

»War Blut auf der Scheibe? Oder sonst irgendwo?«

»Nein, nichts. Aber es hat einen ziemlichen Schlag getan.«
Er rieb sich in Gedanken seinen Brustkorb.

Die Ärztin untersuchte den Raben, tastete den Körper ab, sah sich die Flügel genau an. »Ich kann keinerlei Verletzungen feststellen. Abgesehen davon, dass der Rabe – übrigens ein Weibchen – nicht beringt ist, scheint sie bei bester Gesundheit zu sein. Ganz ehrlich: Ich kann kaum glauben, dass das Tier unverletzt geblieben ist.«

»Warum fliegt es dann nicht? Und übernachtet lieber in der Dusche als auf dem Balkon, wo es jederzeit wegkönnte?«

Die Ärztin zuckte mit den Schultern. »Ich kann noch eine Röntgenaufnahme machen, wenn es ihnen das wert ist.«

»Wie soll ich das jetzt verstehen?«

»Nun ja, Sie haben mir ein bisher frei lebendes Tier gebracht. Die Überlebenschancen solcher Zugeflogenen sind allgemein nicht besonders hoch. Ich weiß nicht, wie stark Ihre emotionale Bindung zu dem Raben ist. Schließlich müssen Sie alles, was ich hier tue, selbst bezahlen.« Sie strich dem Raben über den Kopf. Der schnappte nach ihrer Armbanduhr. Die Ärztin legte ihr Handgelenk auf den Behandlungstisch, so dass die Schließe nach oben zeigte. Munin öffnete den Verschluss in weniger als fünf Sekunden.

»Kann er, Verzeihung, kann sie aus einem Zirkus abgehauen sein?«, fragte Hans hoffnungsvoll.

»Das glaube ich nicht. Die hier ist anscheinend besonders klug, wie es scheint.« Sie zögerte, lächelte. »Nein, es ist keine Werbung für weitere kostenpflichtige Leistungen. Es ist Ihre Entscheidung.«

»Dann hat der Vogel mich gerade überredet. Machen Sie bitte die Aufnahme.«

Die Ärztin klappte die Schließe wieder zu, was ihr einen enttäuschten Blick Munins einbrachte.

Das Röntgenbild zeigte keine erkennbaren Verletzungen. »Der Rabe ist gesund wie Sie oder ich, zumindest körperlich«, war das Fazit der Ärztin. »Obwohl ... Sie atmen ein wenig flach. Ist mit Ihnen alles in Ordnung?«

»Ich habe mich beim Sport verletzt. Bin hart aufgeschlagen.«

»Karate?«

»Nein. Turmspringen. Ausgerutscht.«

»Oha! Waren Sie schon deswegen beim Arzt?«

»Mir geht es gut«, gab Hans kurz angebunden zurück. »Was schulde ich Ihnen?«

»Ich denke, 85 Euro sind in Ordnung?«

»Wenn Sie es sagen, dann ist es o.k. für mich.«

Die Ärztin sah ihn mit einem forschenden Blick an. »Es geht mich ja nichts an, aber Sie wirken sehr erschöpft auf mich.«

»Ja«, gab Hans mit matter Stimme zu, »ich bin gerade etwas flügellahm. Danke, dass Sie sich die Zeit genommen haben.«

»Gern geschehen. Passen Sie auf sich und den Raben auf.«

»Haben Sie eine Idee, wie lange es dauert, bis der Rabe wieder fliegen kann?«

Sie schüttelte den Kopf. »Schwer zu sagen.« Sie griff in ihre Kitteltasche, holte ein Stück Keks heraus und reichte es Munin.

Munin pickte es geschickt aus den Fingern.

»Eigentlich nehme ich das, um die Hunde zu bestechen. Ich gebe ihnen eine Packung, als Wundermedizin sozusagen. Falls Sie nicht klarkommen, lassen Sie es mich wissen. Ich kenne ein paar gute Plätze für intelligente Tiere.«

Hans nahm die Packung, zog einen der Kekse heraus und biss probeweise hinein. Er verzog das Gesicht.

Die Ärztin lächelte ironisch. »Die sind aus dem Supermarkt.

Alles Bio, schmeckt deshalb wohl nach Tierfutter. Man muss sie schon mögen.«

»Jetzt, nachdem Sie es mir gesagt haben, merke ich es auch.«

Sie lachte kurz auf.

Munin produzierte ein fast gleiches Lachen und warf Hans einen ›will Keks‹ Blick zu.

Die Ärztin runzelte überrascht die Stirn. »Ich habe noch nie einen Vogel gesehen, der so schnell lernt.«

Hans gab Munin ein Stück Keks. »Und der so unmissverständlich ohne Mimik klarmacht, was er will.«

»Passen Sie auf, dass Sie den Raben nicht zu stark emotional an sich binden. Sonst werden Sie ihn nicht wieder los.«

»Danke für den Rat. Das ist das Letzte, was ich will.«

* * *

Es war eine unruhige Nacht. Hans tat der Brustkorb immer noch weh und er träumte vom Fallen. Diesmal hielt ihn nichts auf. Er fiel und fiel, doch er schaffte es nicht, aufzuschlagen. Er schreckte hoch. Hatte er ein Geräusch gehört? Flügel? Er schlug die Augen auf und sah sich im Halbdunkel um.

Ein bekanntes »Kraah« weckte ihn gänzlich. Munin saß auf der anderen Seite des Doppelbettes auf dem Nachttisch. Hans war sicher, die Tür des Badezimmers geschlossen zu haben.

»Immerhin, auf die Türklinke hinauf schaffst du es schon wieder«, murmelte er und wollte sich auf die andere Seite drehen, um weiterzuschlafen. Der Wecker vereitelte den Versuch, Munin schlug aufgeregt mit den Flügeln und krächzte dazu.

Hans stellte den Wecker ab. »Sei leise!«, fauchte er den Raben an. »Du weckst die ganze Nachbarschaft.« Er wälzte sich auf die andere Seite des Bettes und gähnte. »Schon gut. Ist ja nichts passiert. Hilft nix. Aufstehen!«

Munin sprang auf den Boden und trippelte um das Bett herum. Hans stieg aus dem Bett und in seine Hausschuhe. Auf dem Weg ins Bad überholte ihn Munin und schob ihm die Tür vor der Nase zu.

»Das ist doch nicht wahr!« Er kratzte sich am Kopf. »Na, von mir aus. Dann bin ich wohl dran mit Frühstück machen.« Für einen Moment streifte ihn ein Gedanke, er schüttelte heftig den Kopf, doch er blieb hartnäckig in der Nähe. Auf dem Weg zur Küche strich er sich vor dem Spiegel in der Diele das Haar zurecht. Verhielt. Sah hin. Zu dem noch dichten schwarz hatte sich in letzter Zeit grau gesellt, der Wochenendbart gab ihm zusätzlich ein düsteres Aussehen. Eigentlich wäre es egal gewesen, seit zwei Tagen. Aber jetzt? Und warum? Tiere waren nicht seine Sache. Er dachte zurück. Was war auf dem Turm passiert? In der Erinnerung wurde Munin deutlich größer als der Rabe, der jetzt im Badezimmer bei der Morgentoilette war. Der große schwarze Vogel war nicht gekommen, um ihn zu holen. Und er hatte sich dort oben offensichtlich nicht nur in seiner Jacke verkrallt. Hans schüttelte leicht benommen den Kopf und wandte sich dem Naheliegenden zu. Rasieren.

* * *

Bevor er zur Arbeit fuhr, brachte er Munin auf dem Balkon unter. Vielleicht würde die frische Luft ja helfen, dass sie sich davonmachte.

Im Hausflur traf er Frau Schröder.

»Guten Morgen. Wie geht es ihrem Untermieter?«

»Guten Morgen. Danke der Nachfrage. Ich war beim Tierarzt. Es ist eine Untermieterin. Abgesehen davon, dass sie keine Lust zu fliegen hat, geht es ihr gut.«

»Das wird jetzt aber nichts Dauerhaftes, oder?«

»Habe ich nicht vor. Der Rabe ist auch nicht im Haus,

sondern auf dem Balkon, vielleicht ist er ja schon weg, wenn ich wiederkomme.«

»Und wenn nicht?«

»Geben Sie uns bitte noch ein bisschen Zeit.«

Frau Schröder nickte, wenig überzeugt. »Ich will Sie ja nicht drängen. Aber die Hausordnung...«

Hans seufzte. »Ja, ich weiß. Ich kann nun einmal nichts dafür, dass der Vogel mein Auto durchqueren wollte. Soll ich ihm jetzt den Hals umdrehen wegen der Hausordnung?«

»Nein, so habe ich es nicht gemeint«, ruderte Frau Schröder zurück. »Nur, dass das kein Dauerzustand wird.«

»Ich sagte es bereits. Habe ich nicht vor.«

* * *

Helles Tageslicht schien durch die großen Fenster in das futuristisch eingerichtete Büro. Ein gläserner Schreibtisch trug den Computerarbeitsplatz und die Akten. Die Trennung zu den anderen Büros bestand ebenfalls aus viel Glas und war sehr gut schallgedämmt. Hans hätte die Bewegungen der Kollegen schemenhaft wahrnehmen können. Wenn er gewollt hätte. Er nahm den ersten Hefter vom Stapel. Darin befanden sich Fotos, Konstruktionszeichnungen, Arbeitsberichte. Er war einer von denen gewesen, die diese Dokumente angefertigt hatten. Nach getaner Arbeit an den Objekten. Dann ... das Bild wurde unscharf. Hans schüttelte heftig den Kopf. Er wollte weg, weit weg. An einen Ort, an dem es keine Schmerzen gab.

Es klopfte an der Bürotür.

»Ja! Was ist?«

Helmut Schneider, ein kräftig gebauter, blonder Mittfünfziger betrat das Büro. »Hallo Hans. Wieder fit?« Seine rechte Hand zupfte verlegen am Revers des grauen Anzuges.

»Geht so. Bin vorgestern abgestürzt. Darum habe ich mich gestern krankgemeldet.«

»Wie war denn die Bar?«

Hans lächelte gequält. »Nein, nicht so. Ausgerutscht, hingefallen, auf den Rücken. Einen Schritt lang nicht aufgepasst.«

Sein Chef nickte mitfühlend. »Warst du beim Arzt?«

»Es geht ja wieder.«

»Darüber wollte ich mit dir sprechen.«

»Worüber?«

»Über dich. Wo du gerade bist. Wo du hinwillst.«

»Ich weiß nicht, wovon du sprichst.«

Helmut zeigte auf den Stapel auf dem Schreibtisch. »Ich spreche darüber. Das ist Arbeit für eine Woche. Die liegt jetzt seit sechs Monaten da herum.«

»Ach? Wirklich?«

»Nein. Ich habe für jeden Vorgang, den ich oben draufgelegt habe, einen anderen von unten herausgenommen.«

Hans sah zu Boden und dachte eine Weile nach. Schließlich schüttelte er den Kopf. »Ist mir gar nicht aufgefallen«, gab er zu.

Helmut nickte. »Habe ich mir gedacht. Unter uns Männern: Du zehrst seit fast einem Jahr von deinem Ruf und von der hervorragenden Arbeit, die du bisher geleistet hast. Aber auf Dauer können wir deine Arbeit nicht mitmachen. Wir sind ein kleines, hervorragend positioniertes Unternehmen, aber unsere Kunden zahlen nur für das, was wir für sie leisten. Du bist, wenn auch verständlicherweise, schon ziemlich lange mit dir selbst beschäftigt.«

»Das ist doch wohl meine Sache!«, fuhr Hans auf.

»Ja. Das ist es.« Helmut sah ihm eindringlich in die Augen. »Deshalb will ich von dir wissen, wie lange du dich ausschließlich mit deinen Sachen beschäftigen willst. Weil ich Entscheidungen treffen muss.«

Hans starrte auf das kleine Bild auf seinem Schreibtisch, rechts neben dem Monitor. Ihr Bild. Schwarz gerahmt. Wieso konnte sein Chef ihn nicht einfach in Ruhe lassen? »Worauf willst du hinaus?«

Helmut räusperte sich. »Ich will darauf hinaus, dass du dir entweder helfen lässt oder eine Auszeit nimmst. So, wie du jetzt bist, kann niemand dich gebrauchen, einschließlich dir selbst. Bekommst du das in deinen Kopf rein?«

Hans zuckte zusammen. Auch wenn er nicht mehr hier sein wollte, war er nun hier. Ohne den flügellahmen Raben zu Hause hätte er den Schreibtisch umgestoßen und wäre gegangen. Aber so ... Er atmete schwer ein. Es tat weh. »Ja«, stieß er hervor. »Du hast ja recht. Zumindest für den Moment.« Er zuckte mit den Schultern. »Ohne etwas zu tun zu haben glaube ich nicht, dass es besser wird. Aber das alles hier erinnert mich zu stark an ... an ...«

Helmut überlegte eine Minute. »Ich habe da etwas für dich. Es ist zwar unter deiner Qualifikation, aber vielleicht hilft es ja. Unser Büro in Wilhelmshaven.«

»Ja?«

»Der dortige Manager ist eigentlich genial, aber ein echter Chaot. Möglicherweise erinnerst du dich an ihn. Ich muss ihn entweder feuern oder dafür sorgen, dass jemand seine Rechnungen schreibt. Ich dachte, du hilfst für ein oder zwei Monate als Assistent aus. Entweder habe ich dann zwei gute Mitarbeiter, die ins Unternehmen passen, oder ich muss mich von zwei guten Mitarbeitern, die nicht ins Unternehmen passen, trennen. Du verstehst?«

»Habe ich eine Wahl?«

»Ja, klar, natürlich. Du hast sogar drei Alternativen: Deinen Job, eine echte Auszeit von drei Monaten, oder du steigst aus.«

»Bis wann muss ich mich entscheiden?«

»Reicht eine Stunde?«

»Das ist nicht dein Ernst!«

»Doch. Ist es. Ich kann es nicht mehr verantworten, dir Zeit zu geben, die du nicht nutzt!«

Hans holte tief Luft. Blödes Federvieh! Er nickte. »Du hast gewonnen. Unter einer Bedingung. Kein Hotel in der Stadt. Ich will eine ruhige Pension außerhalb. Im Grünen. Von mir aus auch ein kleines Ferienhaus. Zum Nachdenken.«

»Wir kümmern uns drum. Dein Zug geht morgen um sechs.«

Hans zuckte zusammen. »Ist das nicht ein wenig übertrieben?«

»Dein Teamleiter heißt Martin Schleicher. Er wird dir die weiteren Infos geben. Und jetzt raus hier, Koffer packen!«

Hans stand auf.

Sein Chef legte ihm die Hand auf die Schulter. »Ich drücke dir die Daumen. Wär schade, dich zu verlieren. Aber das entscheidest du allein.«

* * *

Wie versprochen fand sich Hans samt dem Raben kurz nach sechs Uhr am Bahnhof ein, mit einem Trolley in der einen und dem ›Rabennest‹, wie er seine zweckentfremdete Sporttasche nannte, in der anderen Hand. Auf dem Rücken trug er einen Rucksack mit seinem Laptop und einigen Unterlagen sowie etwas Reiseverpflegung und Kleinkram. Es war kalt und zugig, und trotz der frühen Stunde herrschte einiger Betrieb am Bahnhof. Die Menschen hasteten an ihm vorbei, auf dem Weg nach irgendwo. Hans kamen sie vor wie eine Herde, die ihre Existenzberechtigung nur aus der Bewegung zog. Kein Sinn, kein Ziel, viele Blicke, die nichts sahen. ›Lebende Tote‹, dachte er bei sich und gähnte. Der Geruch von frischem Gebäck verursachte ihm Übelkeit. Er griff in die Jackentasche, holte die Kekspackung heraus, nahm einen für sich. Der fade Geschmack lenkte ihn ab, er öffnete die Sporttasche und fütterte Munin im Gehen.

* * *

Das Abteil mit dem für ihn reservierten Platz war leer. Er betrat es, packte Koffer und Tasche auf die Gepäckablage. Munin beobachtete interessiert die vorbeifahrende Landschaft, nachdem der Zug den Bahnhof verlassen hatte. Hans war es recht. Er richtete sich bequem am Fenster in Fahrtrichtung ein, holte den Laptop heraus und begann zu arbeiten.

* * *

»Ist hier noch frei?«
Die Stimme gehörte einer Frau, die Hans der Stimme nach auf sein Alter schätzte. Er nickte, ohne aufzusehen, hörte mit einem Ohr, wie Koffer und Taschen bewegt wurden, und eine Kinderstimme.
»Entschuldigen Sie.«
Hans blickte zu der leicht untersetzten, mittelgroßen Frau auf. »Ja?«
»Können Sie bitte den Schirm zusammenfalten? Das sieht ziemlich unhöflich aus.«
»Meinen was?« Er sah sie überrascht an.
Das Mädchen neben ihr, etwa zehn Jahre alt, zupfte an der Jacke der Mutter und flüsterte, aber die Frau ignorierte es.
Hans drehte den Kopf nach links und musste an sich halten, um nicht in Lachen auszubrechen. An der Gepäckablage hing Munin, kopfüber, mit ausgebreiteten Flügeln. »Verzeihung«, brachte er schließlich kopfschüttelnd heraus. »Ja, klar, ich kümmere mich darum.« Er faltete Munins Flügel vorsichtig

zusammen, zupfte den Vogel vorsichtig von der Ablagestange und setzte ihn auf den Tisch. Hans war sicher, dass Munin grinste, auch wenn die Vogelmimik das nicht hergab.

Die Frau warf einen überraschten Blick auf den Mitreisenden. »Das ist ein Rabe?«

»Ja, ist es.«

»Beißt er?«, wollte das Mädchen wissen. Ihre blauen Augen sahen den Vogel begeistert an.

»Es ist eine sie. Mich hat sie bisher nicht gebissen. Aber sie ist kein Haustier, auch wenn sie gerade so tut. Wie heißt du denn?«

»Miriam. Und der Vogel? Wie heißt sie?«

»Munin. Ich glaube aber nicht, dass sie auf den Namen hört.«

»Munin? Nach dem nordischen Gott der Erinnerung? Gestatten, Karla Magnusson«, stellte sich die Frau vor.

»Hans Mayer. Angenehm.« Für einen Moment blitzte das Bild einer Walküre in seinem Geist auf. Er schob es mit einem kräftigen Schubs in den Hintergrund und biss sich auf die Zunge, um nicht laut loszulachen. Dann fuhr er Munin mit der Hand über die Federn. »Ja. In Erinnerung.« Munin sah die beiden Mitreisenden neugierig an.

»Ist das nicht ein männlicher Name?«

»Möglich. Zu spät, es zurückzunehmen.«

»Darf ich mit ihr spielen?«

Hans zuckte mit den Schultern. »Versuch es, vielleicht hat sie ja Langweile. Raben sollen ja sehr klug sein. Pass aber auf, die Krallen und der Schnabel sind ziemlich scharf.« Er setzte sich wieder hin.

Die beiden anderen machten es sich ebenfalls bequem und Miriam holte eine Spielesammlung aus der Tasche.

Bei der Fahrkartenkontrolle warf der Schaffner einen prüfenden Blick auf den neuen Mitreisenden.

Hans lächelte verlegen. »Sie fährt in meiner Tasche mit.«
»Sie stört uns nicht«, nahm Frau Magnusson einen möglichen Einwand vorweg.

Munin kümmerte sich derweil um die Fahrkarten. Hans musste Munin zu sich nehmen und überreden, diese wieder herauszurücken, damit sie vom Schaffner gelocht werden konnten. »Ich passe auf, dass der Vogel sich benimmt.«

»Von mir aus«, grummelte der Schaffner lächelnd und hielt Munin die Fahrkarten hin.

Munin nahm die Fahrkarten in Empfang und legte sie auf den Tisch, und zwar den Passagieren richtig zugeordnet.

»Nicht schlecht, Herr Specht«, kommentierte der Schaffner. »Gestern wollte jemand mit seiner Anakonda im Großraumabteil mitreisen, das ging dann aber doch zu weit. Also meinetwegen. Der darf das Abteil nicht verlassen.«

»Versprochen«, bestätigte Miriam.

»Hab ich mir fast gedacht.« Der Schaffner zwinkerte ihr zu.

Nachdem Miriam und Munin sich einen Keks geteilt hatten, kramte sie ein Memory-Spiel aus der Spielesammlung hervor. Karla und Hans sahen zu, wie sie dem Raben das Spiel erklärte und genau zeigte, was mit den Karten zu machen war. Zuerst packte Munin die Karten alle wieder in den Karton, was bei den Erwachsenen für allgemeine Erheiterung sorgte. Miriam bedachte den Raben mit einem vorwurfsvollen Blick. Sie holte zwei gleiche Karten aus der Box und klatschte sie mit dem Bild nach oben auf den Tisch. Gänseblümchen. Munin sah interessiert zu. Miriam legte die beiden Karten aufeinander. »So!« Dann nahm sie zwei ungleiche Karten. Diese legte sie ebenfalls mit dem Bild nach oben hin. »So!« Anschließend drehte sie alle vier Karten langsam um und schob sie zu einem Viereck zusammen. Sie drehte zwei der vor ihr liegenden Karten um. Ein Gänseblümchen und ein Ball. »Siehst du? Gänseblümchen. Ball. Ungleich.«

»Kroak.«

Miriam drehte die zwei Karten wieder auf die Bildseite und legte sie zurück. »Jetzt du.«

Munin trippelte etwas näher an die Karten, pickte dann vorsichtig die Karte mit dem Gänseblümchen heraus, und drehte sie um. »Wruuh.«

Karla und Hans sahen gespannt zu.

Munin machte einen Schritt zurück, legte den Kopf schief. Wieder meinte Hans, so etwas wie Belustigung in den schwarzen Augen aufblitzen zu sehen. Munin pickte eine der ihr nahe liegenden Karten auf und drehte sie um. Ein Gänseblümchen. Anschließend nahm sie sich die erste Gänseblümchen-Karte auf und legte sie auf die andere. »Kraak!«

»Das ist Zufall!«, protestierte Miriam.

»Immerhin hat sie die Regeln verstanden, oder?«, gab Hans zurück. »Spielt doch weiter, tu jede Runde mehr Karten dazu. So kannst du herausfinden, ob es Zufall war. Und bis wohin der Rabe mitkommt, wenn es kein Zufall war, oder?«

»Du meinst, das ist ein richtiges Experiment, wie schlau der Rabe ist?«, fragte Miriam begeistert.

Hans nickte. »Wenn Munin mitmacht, ja. Gib ihr ein Stück Keks, wenn sie richtig getippt hat. Dann wird sie es sich merken und wahrscheinlich im Laufe der Zeit besser werden. Bis wohin fahrt ihr denn?«

»Bis Fulda«

»Na, das sind ja ein paar Stunden. Bin gespannt, ob du dem Raben etwas beibringen kannst.« Er klappte seinen Laptop zusammen und verstaute ihn im Rucksack.

* * *

Die Stunden vergingen wie im Flug. In Fulda war Hans sicher, dass Munin Miriam einiges über Memory beigebracht und sie ein paar Mal hatte gewinnen lassen. Was er für sich behielt.
Nachdem die beiden ausgestiegen waren, sah er Munin eine Weile nachdenklich an. Er fühlte sich so gut wie schon lange nicht mehr. Was er nicht verdient hatte. Dafür konnte Munin ja nichts.»Mach dir keine falschen Hoffnungen«, raunte er dem Raben zu und zeigte mit dem Zeigefinger auf ihn.
»Sobald du abfliegst, fliege ich auch ab.«
Der Rabe kniff Hans in den Finger. Es tat weh.
»Aua! Was sollte das jetzt?«
Munin fauchte Hans böse an und spreizte die Flügel.
»Ist ja schon gut, du kannst ja nichts dafür.«

* * *

Bis Hannover sahen sie schweigend aus dem Fenster.

* * *

Dort mussten sie umsteigen. Munin wurde es in der Tasche zu langweilig. Sie vergnügte sich damit, auf dem Bahnsteig ein paar Tauben zu erschrecken, aber Anstalten, richtig zu fliegen, machte sie nicht. Sie rannte den Tauben überraschend schnell hinterher. Hans hatte Mühe, sie einzufangen und in die Tasche zu stopfen. Etwas außer Atem schaffte er es gerade noch bis zum Anschlusszug.

Hier war die Schaffnerin nicht so entgegenkommend.
»Sie müssen den Vogel in einem Käfig aufbewahren, damit er die anderen Passagiere nicht stört.«
Hans sah sich demonstrativ um.»Welche anderen Passagiere? Ich sitze allein im Abteil.«

»Und wenn andere zusteigen?«

»Hören Sie. Ich bin heute Morgen um sechs in München eingestiegen. Der Vogel hat auf der Fahrt ein Kind gut unterhalten. Alle waren sehr zufrieden. Falls es Probleme gibt, kann ich sie lösen. Wo soll ich auf die Schnelle einen Käfig herbekommen? Haben Sie einen im Angebot?«

»Dann müssen Sie beim nächsten Halt aussteigen.«

»Dann würde ich meine Termine verpassen.«

»Das hätten Sie sich vorher überlegen müssen.«

»Wissen Sie was?«

»Nein.«

»Dachte ich mir schon.«

Munin sah zwischen den Streithähnen hin und her.

»Darf ich daran erinnern, dass ich hier Hausrecht habe?«

Hans zog sein Smartphone und machte eine Aufnahme von der Schaffnerin.

»Was soll das?«

»Ich lasse die Kamera mitlaufen. Sie machen jetzt die Tür von der anderen Seite zu und lassen mich in Ruhe. Klar?«

Das war offensichtlich nicht im Sinne der Angesprochenen. »Ich werde dafür sorgen, dass Sie an der nächsten Station aussteigen!«, fuhr sie ihn an.

»Und ich werde dafür sorgen, dass Sie morgen im Internet Werbung für die Bahn machen, wenn Sie mir in die Quere kommen. Jetzt raus hier! Ich habe die Fahrt bezahlt und will von Ihnen nicht mehr belästigt werden! Guten Tag auch.«

Mittlerweile verfolgten einige Reisende auf dem Gang die Unterhaltung mit Unbehagen. Die Schaffnerin sah ein, dass sie ohne echten Streit nicht weiterkam, und zog fürs Erste ab.

Ein älterer Herr im Anzug betrat das Abteil. »Sie wissen, dass Sie im Unrecht sind?«, fragte er rundheraus und strich sich über die schütteren grauen Haare.

»Ja. Weiß ich«, Hans lächelte freudlos. »Es ist mir gerade scheißegal.«

Der Herr ging nicht darauf ein. »Interessanter Vogel, den sie da haben. Darf ich mich zu Ihnen setzen?«

»Klar. Ich hab nur den einen Sitz hier bezahlt. Bevor Sie fragen: Es ist nicht mein Haustier. Ich pflege sie, bis sie wieder fliegen kann.«

Sein Gegenüber nickte und setzte sich. »Sehr lobenswert. Warum geben Sie den Vogel nicht einfach im Tierheim ab?«

Hans zögerte. »Das ist eine Geschichte, die ich nicht gern erzähle. Mein Auto war im Weg, und ich fühle mich für das Tier verantwortlich.«

Munin klapperte mit dem Schnabel.

»Normal sind die nicht so anhänglich.«

Hans zuckte mit den Schultern. »Was soll ich jetzt sagen? Ich habe es nicht mit Haustieren. Oder mit Wildtieren, die gerade nicht wild sind. Die hat in mir irgendeinen Beschützerinstinkt geweckt.«

»Man sagt, dass Raben ein feines Gespür für Emotionen haben sollen.«

»Ein Grund weniger, sich bei mir einzunisten. Ich bin ein Arschloch. Sie haben es doch miterlebt. Verzeihung.«

Der Mann lächelte. »Ich fand Ihren Auftritt von vorhin in der Sache richtig, aber deutlich übertrieben. Tun Sie sich einen Gefallen und entschuldigen Sie sich bei der Schaffnerin. Die hat einen harten Job. Falls sie Ihnen nicht verzeiht, dann müssen Sie zumindest kein schlechtes Gewissen haben. Es ist nie gut, unbezahlte Schulden zu hinterlassen.«

Hans zuckte resigniert mit den Schultern. »Ja. Sie haben recht. Das ist wohl auch der Grund, warum ich den Raben mit mir rumschleppe. Unbezahlte Schulden. Irgendwie. Darf ich fragen, warum Ihnen so daran liegt? Ich meine, die Situation zu entschärfen? Mich zu beruhigen?«

»Na gut. Jetzt der offizielle Teil.« Er seufzte. »Haben Sie eine Waffe bei sich?«

»Nein«, erwiderte Hans überrascht. »Warum sollte ich? Ich will doch niemanden …«

Der Mann machte einen erleichterten Eindruck. »Genau so haben Sie aber gerade auf den Rest der Welt gewirkt. Dass Sie kurz davor stehen, Amok zu laufen. Wegen einer Lappalie. Wissen Sie, wie viele Menschen in Deutschland jedes Jahr wegen einer Lappalie sterben müssen? Einem falschen Wort zur falschen Zeit? Einem Versehen, das der andere als Vorsatz interpretiert?«

»Nein. Keine Ahnung.«

»Sie würden es nicht glauben. Egal. Meine Aufgabe wäre es gewesen, Sie aufzuhalten. Bitte zeigen Sie mir den Inhalt Ihrer Taschen und Koffer.« Er legte einen Dienstausweis auf den Tisch.

Hans wurde etwas blass. »Wollen Sie mich festnehmen?«

»Nein. Es ist ja noch nichts passiert.«

Hans kam der Aufforderung mit der notwendigen Langsamkeit nach. Nervös und schuldbewusst packte er dann alles wieder zusammen. »Und jetzt?«

»Nichts. Ich wünsche Ihnen eine gute Reise, wohin auch immer Sie unterwegs sind. Ich werde bei der Zugleitung ein gutes Wort für Sie einlegen.« Er stand auf und wandte sich zum Gehen.

»Danke. Und danke, dass Sie mich wieder heruntergeholt haben.«

»Gern geschehen. Ich wollte, es wäre immer so einfach.«

* * *

Hans lud die Sporttasche auf den Trolley und zog los. Nach zehn Minuten kam er an ein vierstöckiges Bürogebäude aus rotem Backstein, das schon bessere Tage gesehen hatte. Er betrat es durch die Drehtür, nachdem er sich über die Gegensprechanlage angemeldet hatte.

Die Dame am Empfang erklärte ihm den Weg.»Das Büro ist im dritten Stockwerk. Leider ist der Aufzug defekt«, informierte sie Hans entschuldigend.»Wollen Sie das Gepäck hier lassen?«

»So schwer ist es ja nicht. Aber danke für das Angebot.«

Martin Schleicher begrüßte ihn, als er ein wenig schnaufend den vierten Stock erreicht hatte. Sein Händedruck war kräftig, und das kurz geschnittene braune Haar ließ ihn deutlich jünger als Hans aussehen. Er lächelte ironisch.»Sie sollen also Ordnung in mein Leben bringen.«

»Wie kommen Sie denn darauf?«, fragte Hans gespielt überrascht.

Martin wurde unsicher.»Helmut hat da so etwas angedeutet.«

»Aha. Hat er? Was hat er sonst noch angedeutet?«

»Nichts. Warum?«

Hans war erleichtert.»Helmut hat mir gesagt, ich solle ein wenig zur Hand gehen, damit Sie den Kopf für die Dinge freihaben, mit denen wir reich werden.«

Martin lachte kurz auf.»Schön wär's. Davon sind wir noch ein Stück weit weg. Aber ich klage auf hohem Niveau. Helmut hat mir gesagt, dass Sie sich mit der Materie sehr gut auskennen. Ich muss Sie also nicht ans Händchen nehmen.«

»Nein, das wird nicht nötig sein. Darf ich vorschlagen, dass Sie mir meinen Arbeitsplatz zeigen? Ich richte mich dann ein, und morgen sehen wir an einem konkreten Projekt, wie wir zurechtkommen?«

Martin nickte zustimmend.»Wir sind hier nicht ganz so

förmlich. Falls Sie also nicht auf dem Sie bestehen, ich bin Martin.«

»Soll mir recht sein. Hans.«

Martin führte ihn durch das Areal. Der Standort bestand aus fünf Büros und einem Besprechungsraum sowie einer Kaffeeküche und Sanitärräumen.

»Wir haben es hier ganz familiär. Die beiden anderen Kollegen sind außerhalb unterwegs, du kennst das ja.«

»Ja. Klar.«

»Ich nehme an, dass du sie in den nächsten Tagen kennenlernen wirst. Wenn du dich eingerichtet hast, schau bitte bei mir vorbei. Du bekommst dann den Wagenschlüssel und die Adresse deiner Unterkunft. Wie du es wolltest, etwas außerhalb, aber sehr gemütlich.«

»Mit Blick aufs Meer?«

Martin zog belustigt die Augenbrauen hoch. »Wenn du von dort aus das Meer siehst, dann haben wir ein Problem. Und du hoffentlich ein Boot.« Er lachte kurz, als er Hans' Überraschung sah. »Keine Sorge, in den letzten Jahren gab es keine Deichbrüche.«

»Da bin ich aber beruhigt.«

Hans inspizierte kurz das Büro, in dem er die nächste Zeit verbringen sollte. Die Möbel hätte er sich zwar nicht ausgesucht — er schätzte das Interieur auf Anfang der 1960er Jahre — aber es war gut gepflegt und machte einen soliden und gemütlichen Eindruck. Die Stühle waren modern und körpergerecht. Hans nahm den Raben aus der Tasche und setzte ihn auf den Schreibtisch, um ihn gleich darauf von der Telefonanlage wegzuscheuchen. »Das hat mir noch gefehlt. Ein Rabe als Telefondame!«

»Kroak!« Munin wandte sich den Bleistiften und Büroklammern zu.

Hans startete den Rechner und wollte sich anmelden. »Hm.

Nicht bekannt?« Er tippte die Verbindung zu Martin, die auf dem Telefon eingerichtet war. »Ich komme nicht ins System.« »Haben wir gleich.« Eine Minute später steckte Martin den Kopf durch die Tür. »Kann ich kurz an – was ist das denn?« »Ein Rabe, Komma, weiblich, Komma, mir zugeflogen.« »Komma, ziemlich neugierig.« Martin deutete auf den Hefter, den Munin aufgeschlagen hatte.

»Sollen Raben sein. Das sind hoffentlich keine Unikate?« Martin schüttelte den Kopf. »Nein, wir scannen alles ein.« Munin blätterte vorsichtig um.

»Hast du ihm das beigebracht?«

»Ich dressiere keine Tiere.«

»Der ist nicht aus einem Zirkus abgehauen oder so?«

»Nicht, dass ich wüsste. Aber der Gedanke ist mir auch schon gekommen.«

Martin kam zum Thema zurück. »Dann wollen wir mal.« Er meldete sich als Administrator an und klickte in der Benutzerverwaltung herum. »So. Jetzt sollte es klappen. Name ist Vorname, Passwort Nachname. Bitte vergib gleich ein Neues.«

»Danke.«

»Nicht dafür.«

»Kannst du bitte einmal bei mir vorbeisehen? Dieses blöde CAD-Programm will nicht so wie ich.«

Die Stimme gehörte zu einer schlanken Frau mit schulterlangen braunen Haaren, die in der Tür stand und Martin fragend ansah. Sie trug einen Hosenanzug, der ihr Aussehen betonte, ohne es zur Schau zu stellen. Dann bemerkte sie den Raben. Ihr Blick verdüsterte sich, und die Temperatur in ihrer Stimme fiel deutlich. »Was soll das denn?«, verlangte sie zu wissen.

Hans erwiderte gelassen ihren Blick. »Was, bitte?«

»Der Rabe. Ist das Ihr Maskottchen?«

»Nein. Ich gehöre zu ihr«, flötete Hans. »Wir gehen seit einer Woche miteinander.«

»Das finde ich nicht komisch!«

»Na und?«

»Sie können doch nicht einfach eine unter Naturschutz stehende Vogelart als Haustier halten!«, rief die Frau empört.

»Wer sagt Ihnen, dass ich das tue?«

»Das ist doch offensichtlich!«

Hans grinste sie an. »Offensichtlich kümmern Sie sich um Dinge, von denen Sie nichts verstehen! Würden Sie sich bitte freundlicherweise um Ihren eigenen Scheiß kümmern?«

Die Frau klappte den Mund zu, drehte sich weg und starrte Martin an. »Können wir gleich reden?«

Martin sah nicht besonders glücklich aus. »Ja, klar.«

Sie drehte sich um und rauschte davon.

Hans atmete betont langsam aus. »Mein Gott, was für eine Zicke! Ich liebe Menschen, die mit einem Blick die Situation erfassen und zu unumstößlichen Wahrheiten gelangen.«

Martin machte den Eindruck, als ob er sich nicht zwischen Lachen und Weinen entscheiden könne. »Darf ich nachträglich vorstellen: Claudia, meine kleine Schwester.«

Hans sah Martin unbewegt an. »Herzliches Beileid.«

»Darf ich dich zitieren? Ich liebe Menschen, die mit einem Blick die Situation erfassen und zu unumstößlichen Wahrheiten gelangen.«

»Entschuldige. Du hast recht. Wer im Steinhaus sitzt, soll nicht mit Gläsern werfen.«

»Du sagst es. Hak es unter ›dumm gelaufen‹ ab. Sie hat ein großes Herz für Tiere und Menschen, die Hilfe brauchen.« Er grinste. »Und sie ist die größte Zicke, die ich kenne.«

Hans holte tief Luft. »Ok, dann mache ich mich wohl aus dem Staub, bevor sie mit der Kavallerie anrückt.«

»Besser ist das. Claudia hat in der Etage unter uns ein

Designstudio. Sie schmeißt ihren Laden alleine, und das nicht schlecht. Abgesehen davon, dass ich die Hard- und Software für umsonst warten darf. Bevor du etwas sagst: Sie kommt sehr gut mit den Programmen klar, die sie bedient. Aber es ist ja so bequem, den großen Bruder in der Nähe zu haben.« Er verdrehte die Augen.

»Verstanden.« Er öffnete die Tasche, und Munin kletterte geschickt hinein.

»Du hast den Vogel wirklich nicht dressiert?«, fragte Martin misstrauisch.

Hans ballte kurz die Fäuste. »Nein. Der ist mir wirklich zugeflogen, gegen mein Auto, und der will nicht fliegen, obwohl er unverletzt ist. Ich hoffe, dass das kein Dauerzustand wird. Deshalb wollte ich ja eine Unterkunft außerhalb. Wo Raben nicht so ungewöhnlich sind wie in Büros.«

»Du meinst, sie trifft da vielleicht jemanden, auf den sie, hm, fliegt?«

»Wer weiß?« Hans packte den Hefter in den Rucksack und zog ihn sich über die Schultern. Dann griff er nach seinem Trolley. »Ich hoffe, die Vermieter stellen nicht dieselben seltsamen Fragen.«

»Komm mit.«

Im Büro drückte Martin Hans einige Schlüssel in die Hand. »Der ist für dein Büro. Der ist fürs Auto. Es steht im Hof auf dem Firmenparkplatz. Und der ist für das Ferienhaus. Die Vermieter kommen nur, wenn du etwas brauchst. Kann ich noch was für dich tun?«

»Im Moment nicht. Danke. Ich fülle erst einmal den Kühlschrank. Morgen sehen wir weiter. Das Haus hat Internet?«

»Aber sicher. Du darfst heute gern noch ein bisschen arbeiten.« Martin lächelte wissend.

»Mal sehen. Danke erst mal. Wir sehen uns dann morgen.«

Er verließ die Stadt in Richtung Norden und fuhr nach einer Viertelstunde in die Einfahrt seiner Unterkunft. Ein kleines Haus, zweigeschossig, er schätzte den Wohnraum auf 50 Quadratmeter.

»Da wären wir also. Ich hoffe, es gefällt dir.«

Munin antwortete mit einem wohlwollenden Krächzen.

»Singvogel, hä?«

Munin schnappte nach Hans Finger.

»Jetzt sei nicht gleich so beleidigt.«

Munin gab einen Laut von sich, der einem Smartphone-Ton ziemlich nahekam.

»Ok, ok, ich nehme alles zurück.«

Er brachte den Raben wie zu Hause im Badezimmer unter, sorgte für Futter aus den mitgebrachten Vorräten und ging dann einkaufen.

Am Abend setzte Hans sich an seinen Laptop. Munin hatte in der Zwischenzeit den Hefter sorgfältig durchgeblättert und schien missbilligend den Kopf zu schütteln.

»Was soll denn das nun wieder?« Hans griff sich das Dokument und arbeitete es rückwärts durch. Dann warf er es mit einem tiefen Seufzer zurück auf den Schreibtisch. »Oh Mann! Das wird eine interessante Zeit werden.«

* * *

Am nächsten Morgen ging Hans schon sehr früh ins Büro und richtete seinen Arbeitsbereich ein. Die Sonne schien freundlich durch die großen Fenster und der Straßenlärm war kaum zu hören.

Martin kam gegen neun und sah ihm über die Schulter. »Alles gefunden?«

»Ich habe mir gestern die Dokumente angesehen. Das war der letzte ausgeführte Auftrag, richtig?«

»Richtig. Fehlt nur noch die Rechnung.«

»Wer macht das denn bei euch?«

Martin zögerte. »Machte. Die Kollegin hat zum letzten Ersten gekündigt. Bisher habe ich noch keinen Ersatz. Da ist wohl einiges liegen geblieben.«

Hans seufzte. »Ich hab's schon befürchtet. Ok. Wirf mir die Sachen rüber, Reihenfolge nach Wichtigkeit.«

Martin zögerte. »Nach Wichtigkeit? Woher soll ich denn das wissen?«

Hans zog die Augenbrauen zusammen. »Ich dachte, du leitest das Büro? Also auch kaufmännisch, oder habe ich was falsch verstanden?«

»Schon. Aber ich bin die meiste Zeit bei den Kunden unterwegs. Oscar macht die Akquise mit. Dirk und ich erledigen dann die Aufträge. Um den Rest hat sich Anne gekümmert.«

»Und du hast lediglich unterschrieben, was sie dir reingereicht hat?«

»Genau. Schau mal, ich bin in der Hauptsache der Techniker. Wenn ich mich auch noch darum kümmern müsste, wer macht dann die eigentliche Arbeit?«

»Hatte diese Anne besondere Gründe, zu kündigen?« Hans sah Martin fragend an, aber er kannte die Antwort schon.

»Nein. Wir haben uns am Schluss nicht mehr besonders gut verstanden. Sie hat sehr gut mitgearbeitet, aber ich hatte das Gefühl, dass sie mich durch ihre ständigen Anforderungen immer mehr von meiner Arbeit abhält. Wir haben darüber gesprochen, sind uns jedoch nicht einig geworden. Leider.«

»Verstanden. Dann machen wir es im Sinne von Helmut. Du packst mir die Sachen auf den Tisch, ich lasse dich in Ruhe, es sei denn, ich habe Fragen, die ich nicht beantworten kann. Und du kommst mir nicht mit Kunden und Außeneinsätzen.«

»Helmut meinte, du seist da sehr erfahren?« Martin klang vorsichtig.

Hans blickte zum Monitor. Rechts davon fehlte das Bild von ihr. Er schloss die Augen und atmete tief ein und aus.

»Alles in Ordnung?«

Hans schüttelte den Kopf. »Nein. Nicht wirklich. Du hast recht. Normalerweise mache ich das Gleiche wie du. Aber im Moment ist es besser, wenn ich etwas anderes mache.«

»Helmut erwähnte, dass du im Moment viel Stress hattest und für eine Weile etwas Ruhigeres brauchst.«

»Wenn du es so siehst, dann werde ich nicht widersprechen. Bist du einverstanden mit meiner Vorgehensweise? In einer Woche machen wir Bestandsaufnahme.«

Martin nickte zustimmend. »Einverstanden. Wo hast du eigentlich deinen Vogel geparkt?«

Hans lächelte. »Ich habe ihn auf dem Balkon einquartiert.«

»Hast du keine Angst, dass er weg ist, wenn du von der Arbeit kommst?«

»Ich sagte bereits dass es kein Haustier ist. Ich hoffe darauf, dass sie irgendwann weg ist. Dann kann ich mich wieder um meine Angelegenheiten kümmern.« Er sah Martin an. »Wo finde ich die anderen offenen Vorgänge?«

»Im Büro rechts neben meinem. Da saß Anne. Ich richte dich noch für den kaufmännischen Bereich ein, ok?«

»Muss ja wohl.«

Hans nahm sich die Unterlagen, die er gestern überflogen hatte, jetzt genau vor. Ihm wurde bald klar, warum Anne das Weite gesucht hatte. Martin war jemand, der sofort das Interesse verlor, sobald ein Problem gelöst war. Das hatte zur Folge gehabt, dass sich wichtige Informationen über alle Seiten verteilten, oft ohne Struktur und ohne Verweise. Hans konnte das Meiste identifizieren, weil er die technischen Details wiedererkannte. So gelang es ihm im Laufe des ersten Tages, einige Berichte in eine Form zu bringen, aus der man ernsthaft eine Rechnung ableiten konnte. Als er durch die Aufstellung der Arbeiten und einiger Skizzen ging, pfiff er leise und anerkennend. Offensichtlich war Martin nicht klar, was er für ein Potenzial verschenkte, weil er so gut wie nichts von dem, was er tat, wiederzuverwerten schien. Er kopierte ein paar Beispiele in seine Notizen.

Am späten Nachmittag ging er zu Martin und legte ihm eine überarbeitete Dokumentation sowie die dazugehörige Rechnung vor.

»Hat aber gedauert«, war Martins Kommentar.

Hans hätte ihm die Dokumente fast an den Kopf geworfen. Er räusperte sich, um seinen Ärger zu überspielen. »Ich muss mich noch an deinen Arbeitsstil gewöhnen. Wirf bitte einen Blick hinein. Auf der ersten Seite ist das im Moment Wichtigste, die Rechnung. Können wir die kurz durchgehen?«

»Wenn es sein muss.«

Hans lächelte. »Tut gar nicht weh. Was der Kunde sagt, darfst du dann aushalten.«

Martin öffnete den Hefter, nahm die Rechnung und wollte sie überfliegen. Stutzte dann, legte sie auf seinen Schreibtisch und begann, die einzelnen Punkte mit einem Bleistift abzuhaken. Am Ende schnaufte er erstaunt. »Das hab ich alles gemacht?«

»Ja. Sieht so aus. Ich habe es zweimal geprüft. Nichts davon war überflüssig, und die Leistung wurde auch so angefordert. Wenn du mich fragst, dann hat dein Kunde, trotz des hohen Betrages, eine Menge Geld gespart. Sieh dir Nummern vier und fünf an. Hätte man weglassen können, nur wäre dann in spätestens einem Jahr eine neue Maschine fällig gewesen.«

»O.K. Verstanden. So bekomme ich das verkauft.«

»Gut. Dann mache ich in diesem Sinne weiter. Ist ja nicht zu deinem Schaden.« Er wechselte das Thema. »Hattest du gestern noch viel Ärger mit deiner Schwester? Ich war wohl etwas unfreundlicher als nötig.«

Martin schüttelte den Kopf und grinste. »Nein. Nicht mehr als üblich. Nachdem ich damit gedroht hatte, sie ihrem Computer und ihrem Schicksal zu überlassen, war sie ganz zahm. Glaub aber nicht, dass die Sache damit erledigt ist. Claudia ist ziemlich hartnäckig in diesen Dingen.«

Hans schlug einen neutralen Ton an. »Es wäre besser für sie, wenn sie sich ein anderes Opfer aussuchen würde.«

»Wie meinst du das?« Martin sah Hans abschätzend an. »Ich meine damit, dass ich mit dieser Art sinnfreier Kommunikation sehr schlecht klarkomme. Darum halte ich, wenn es geht, Abstand zu denen, die das nicht kapieren wollen.«

»Hm.«

»Was hm?«

»Hm. Für den Moment.«

»Wenn sie informeller Bestandteil des Arbeitsvertrages ist, lass es mich wissen. Dann fahre ich morgen zurück.«

»Nein. So war das nicht gemeint. Ich wollte dich nur warnen. Wenn Claudia der Auffassung ist, dir weiterhin auf die Füße treten zu müssen, werde ich das nicht ändern können.«

»Danke für die Warnung. Wir sehen uns morgen?«

»Nein. Morgen und übermorgen bin ich unterwegs. Wir sehen uns nächste Woche.«

»Dann halte dir gleich mal den Montag frei, damit wir deine Projekte durchgehen können.«

Martin machte ein griesgrämiges Gesicht. »Ich dachte, dass du mir die Sachen jetzt abnimmst.«

»Nicht auf Dauer. Ich unterstütze dich, wie mit Helmut vereinbart. Dazu gehört auch, dass du dir Zeit für mich nimmst, wenn es um wichtige Dinge geht.«

Martin war nicht sonderlich begeistert. »Meinetwegen. Ich bin kein Freund von ewigen Meetings.«

»Ich werde mich nicht länger fassen, als du brauchst.«

»Das ist ein Angebot. Einverstanden.«

»Dann viel Erfolg. Bis nächste Woche.«

* * *

Am Abend sah Hans Munin im Garten zu. Munin hatte die Kinderschaukel entdeckt und zeigte akrobatische Kunststücke, schwang sich um die Stange herum oder kletterte geschickt am Spielgerät auf und ab. Spreizte gelegentlich die Flügel, schien aber keine große Lust zu verspüren, sie zu benutzen.

* * *

Als sie beim Abendessen saßen, klingelte es an der Tür. Hans sah durch den Türspion. »Die ist wirklich lästig!«

Er öffnete die Tür. »Ja? Was kann ich für Sie tun, was nicht jemand anderes besser könnte?«

Claudia ignorierte seine Unfreundlichkeit. »Ich wollte mit Ihnen noch einmal über den Raben sprechen.«

»Wollen Sie ihn haben oder was?«

»Nein. Ich wollte Sie bitten, das Tier freizulassen.«

Hans schnaufte. »Haben Sie mir eigentlich nicht zugehört? Der Rabe fliegt nicht. Warum weiß ich nicht. Ich bin mit ihr jeden Tag im Freien, und bisher wollte der Vogel nicht weg.«

»Das nehme ich Ihnen, ehrlich gesagt, nicht ab.«

»Ist das, ehrlich gesagt, nicht Ihr Problem?«

Claudia zuckte zusammen. »Haben Sie überhaupt Erfahrung in der Betreuung von Wildtieren?«

»Nein. Sie?«

»Das steht hier nicht zur Debatte! Ich habe keinen Vogel!«

Hans grinste Claudia breit an. »Sind Sie da sicher?«

»Warum beleidigen Sie mich andauernd?«, fauchte Claudia zurück.

»Weil ich Sie weder um Ihren Besuch noch um Ihre Meinung gebeten habe. Wie deutlich muss ich eigentlich noch werden?«

»Nehmen Sie überhaupt Rücksicht auf andere Lebewesen?«

»Wenn ich es vermeiden kann, nein.«

»Und was sagt ihre Partnerin dazu, falls Sie eine haben?«

Hans wurde kalkweiß. So weiß, dass Claudia erschrocken einen Schritt zurücktrat.

Hans' Stimme war leise und deutlich zu verstehen. »Meine Frau ist im letzten Jahr gestorben, danke der Nachfrage. Das Gespräch ist beendet. Tun Sie sich einen Gefallen und gehen Sie mir aus dem Weg.« Er schloss die Tür.

Claudia schlug die Hand vor den Mund, dann rannte sie zu ihrem Wagen zurück.

Auftrag mit Aussicht

Der Freitagvormittag verging ereignislos. Nach dem Mittagessen rief er einen potenziellen Kunden an. Martin hatte per E-Mail darum gebeten:

... Wir sind zwar ausgebucht, aber es klang interessant. Damit du nicht nur Papier wälzen musst. :-) VG Martin

Der Herr am Ende der Leitung stellte sich als Einkäufer einer Firma vor, die ganze Fabriken abbaute, um sie an anderer Stelle wieder aufzubauen.

»Ja, wir profitieren von der Globalisierung«, gab er offen zu. »Wir bringen die Maschinen da hin, wo die Menschen willig und billig sind.«

»Und was kann ich da für Sie tun?«, wollte Hans wissen.

»Ihre Firma hat einen guten Ruf, was Wartung und Montage angeht, insbesondere, wenn es keine Handbücher mehr gibt.«

»Das ist richtig. Wir haben da einige Erfahrungen.«

»Ich habe hier ein Problem. Eigentlich ein etwas Größeres. Wir haben in Sachsen eine Textilfabrik aufgetan, die seit geraumer Zeit geschlossen ist. Unser Kunde aus China möchte das komplette Werk exportieren, verlangt aber, dass es voll funktionsfähig wieder aufgebaut werden muss.«

»Und?«

»Die Maschinen sind in sehr gutem Zustand, aber ziemlich alt. Sie wurden über eine lange Zeit nicht genutzt.«

Hans hatte den Eindruck, dass sein Gesprächspartner nicht zu viel verraten wollte. »Wir sind eigentlich mehr auf aktuellere Technik spezialisiert. Mit Strom statt Dampf.«

»Das weiß ich. Es werden da aber ungewöhnlich viele Teile elektrisch betrieben. Das wäre schon ihr Bereich, oder?«

»Ja. Ich kann ja mal einen Blick darauf werfen.«

»Mein Chef würde Sie zuerst gern persönlich kennenlernen wollen, bevor wir Details nennen. Können Sie nächsten Montag nach Hamburg kommen?«

Hans dachte nach. »Das sollte sich einrichten lassen. Wo genau muss ich denn hin?«

»Es ist in der Nähe des Hauptbahnhofes. Wann würde es Ihnen passen?« Er nannte die Adresse.

»Sagen wir um zehn? Zwei bis drei Stunden?«

»Das wäre perfekt.«

»Einverstanden. Aber mehr als ein Gespräch kann ich Ihnen nicht anbieten. Die Verträge macht Martin Schleicher.«

»In Ordnung. Eine Frage vorab: Wie ist Ihre Terminsituation? Können Sie kurzfristig einen Auftrag annehmen, der Sie möglicherweise für ein bis zwei Jahre beschäftigt?«

›Bis dahin bin ich weit weg.‹ »Das kann ich ohne nähere Informationen nicht beantworten. Lassen Sie uns zuerst herausfinden, ob wir zusammenpassen. Einverstanden?«

»Einverstanden. Dann bis Montag.«

»Geben Sie mir bitte noch Ihre Kontaktdaten? Ich schreibe Ihnen umgehend eine E-Mail, die Sie bitte bestätigen.«

»Gern, kein Problem. Und danke, dass Sie sich die Zeit nehmen.«

Hans beendete das Telefonat.

* * *

»Zeit für einen Kaffee?«

Hans sah auf.

»Ich bin Oscar. Mit ›C‹ wie Cäsar. Oscar Schäfer. Willkommen an Bord«, stellte sich der schlanke, blondhaarige Mann vor. Er trug legere Bürokleidung, eine schwarze Hose und grünes Flanellhemd, keine Krawatte.

»Hans Mayer. Angenehm.« Er stand auf und begrüßte den Kollegen mit Handschlag.

»Und? Schon eingelebt?«

»Na ja, nicht wirklich. Ich arbeite dran.«

In der Kaffeeküche trafen sie auf den anderen Kollegen, der sich als Dirk Wolfsohn vorstellte. Mit seinem kurzen schwarzen Haaren und Kinnbart wirkte er, als ob er gerade das Abitur gemacht hätte. Hans warf einen misstrauischen Blick auf das Milchgefäß der Kaffeemaschine.

»Keine Sorge. Einmal im Monat kommt das Gesundheitsamt und tauscht den Inhalt aus«, scherzte Dirk.

»Da bin ich ja beruhigt. Besser, als wenn die Milch allein zum Kühlschrank läuft, um Nachschub zu holen.«

Aus dem Grinsen und dem wissenden Nicken der Kollegen schloss Hans, dass alle schon entsprechende Erfahrungen gemacht hatten. Und dass sich hier jemand kümmerte.

»Die ist im Mietvertrag für das Büro enthalten«, bestätigte Dirk.

Hans entschied sich für einen Cappuccino.

»Was hat dich denn hierher verschlagen, in die Wiege des Chaos?«, wollte Oscar wissen.

»Ich soll Martin ein wenig zur Hand gehen. Oder so.«

Oscar lachte. »Martin ist genial, nur vergisst er, die Rechnungen zu schreiben, sobald der Auftrag abgeschlossen ist.«

»Daher kommen wir leicht an Folgeaufträge«, witzelte Dirk.

»Sollst du dafür sorgen, dass wir uns vergrößern?«, fragte Oscar.

»Bitte, was soll ich sagen, nachdem ich noch nicht einmal richtig angekommen bin? Was hat Martin denn über mich erzählt?«

»Nicht viel«, wich Oscar aus. »Dass du dich gut mit der Materie auskennst. Sonst war er ziemlich einsilbig. Vielleicht erzählst du ja etwas über dich?«

»Ja, gut. In Kürze: Ingenieurausbildung, Schwerpunkt Mechanik, ich kann auch ganz gut mit Computern. Seit fast zehn Jahren dabei, viel unterwegs. Helmut meinte, ich solle etwas kürzertreten. Darum mache ich jetzt hier, was bei uns in der Zentrale ein spezialisiertes Sekretariat macht. Martin hat angedeutet, dass ihr da bisher nicht so viel Glück hattet.«

»So kann man es auch umschreiben«, gab Dirk zu.

»Gibt es irgendetwas, was ich wissen sollte?«

Dirk holte tief Luft. »Nun ... wie soll ich es sagen ... Martin ist genial. Und er möchte nicht gern von zeitfressenden Kleinigkeiten aufgehalten werden.«

»Zum Beispiel mit Fragen der Art, wofür genau eine Rechnung geschrieben werden soll«, ergänzte Oscar. »Das wird oft ziemlich nervig. Letzten Monat mussten wir uns, auf Befehl von Helmut, zusammensetzen und den größten Mist wegräumen. Da ist es oft laut geworden. Irgendwann hat Anne hingeworfen. Schade, es lag nicht an mangelnder fachlicher oder sozialer Kompetenz ihrerseits.«

»Nein. So wie Martin mit ihr umgesprungen ist, wäre ich auch am anderen Tag nicht wiedergekommen.« Dirk sah zerknirscht aus. »Sie ist die Dritte, die wir in den letzten zwölf Monaten verheizt haben.«

»Und ihr?«, fragte Hans. »Wieso seid ihr noch da, wenn es so hart ist?«

»Wir sind unentbehrlich«, lachte Oscar. »Spaß beiseite. Wir wissen genau, dass am Ende der Chef kommt und sehen will, wovon unsere Gehälter bezahlt werden. Wenn jemand wie

Anne fehlt, dann muss der große Martin Rechnungen schreiben. Wir hoffen immer noch, dass Martin es irgendwann kapiert. Weil wir als Team wirklich toll zusammenarbeiten. Wäre schade, wenn hier umstrukturiert werden müsste.« Hans nickte. »Kann ich verstehen. Ich kann da nichts versprechen. Fragt mich in einigen Wochen noch mal.«

»Werden wir«, versprach Oscar und leerte seinen Becher.

»Was war das eigentlich für ein Telefonat?«, fragte Dirk.

»Keine Ahnung, ob das was wird. Der tat ziemlich geheimnisvoll. Mein Eindruck ist, dass es entweder illegal oder sehr interessant ist. Wie auch immer, ich fahre am Montag hin. Dann soll Martin entscheiden, ob er sich kümmern will.«

Hans dankte für die Einladung zum Kaffee und ging ins Sekretariat, um sich mit den nächsten noch offenen Geschäftsvorfällen zu versorgen. Am späten Nachmittag machte er sich auf den Weg zur Wohnung.

* * *

Munin saß auf der Dachrinne, die am Dach über dem Balkon verlief. Sie begrüßte Hans mit einem freundlichen Klingelton.

Hans musste lachen. »Immerhin hast du es jetzt schon bis zum Dach geschafft. Komm, Abendessen!«

Der Rabe sprang mit ein wenig Flügelunterstützung aus dem ersten Stock auf seine Schulter.

»Autsch!«, zischte Hans.

Munin gab eine gute Kopie des ›Autsch!‹ von sich.

Nach dem Abendessen kramte Hans ein Memory-Spiel heraus, das er in der Stadt gekauft hatte. Das Erlebnis im Zug war ihm im Gedächtnis geblieben. Jetzt wollte er es genau wissen. Er zeigte Munin die Karten, genau wie Karla. Munin hatte sich tagsüber gelangweilt, sie spielte begeistert mit. Hans musste sich voll konzentrieren, um mitzuhalten. Als er einmal schummeln wollte, pickte Munin ihm in die Hand. Um dann selbst unter die Karten zu sehen, sobald sie sich unbeobachtet fühlte.

»Das ist unfair«, grummelte Hans. »Du hast ein viel größeres Gesichtsfeld als ich!« Munin legte den Kopf schief und sah ihn an, als ob sie sagen wollte: »Das ist doch wohl dein Problem.«

Das Ende vom Lied war, dass Hans knapp gewann und sich nicht sicher war, ob Munin ihn nicht hatte gewinnen lassen.

»Morgen trainieren wir Schach!«, drohte er.

»Wrach?«

»Schach.«

Munin krächzte begeistert.

* * *

»Rrrring!«

Hans drehte sich auf die andere Seite. »Ich dachte, heut ist Samstag«, murmelte er schlaftrunken. Er öffnete die Augen ein wenig und sah in Richtung Wecker. Im Halbdunkel konnte er erkennen, dass der Alarm ausgeschaltet war. Er drehte sich wieder um.

Der Klingelton seines Smartphones hinderte ihn am Einschlafen.

»Himmel, Arsch und Wolkenbruch!«

Das Handy lag neben dem Wecker und machte einen unbeteiligten Eindruck. Insbesondere klingelte es nicht, auch der Vibrationsalarm war nicht zu spüren.

»Brrrrrrm!«

Hans setzte sich auf. Auf dem Fußende des Bettes hockte die Ursache der Geräusche.

»Ist ja gut, ich bin wach! Kannst du was von Motörhead?‹
Munin schüttelte heftig den Kopf.

* * *

Nach dem Frühstück unternahm er mit Munin eine Wanderung. Die Umgebung war flach und abwechslungsreich, die aus dem Boden schießenden Windparks unübersehbar. Sie würden das romantisch verklärte Bild der Nordseeküste auf Dauer ändern. Hans sah die Sache aus verschiedenen Perspektiven. Die Windkraftwerke verliehen der Gegend eine neue, technische Ästhetik, die unbestreitbar war. Da er sich ein stromloses Leben nicht vorstellen wollte, war ihm dieser Anblick lieber als der von Castor-Behältern, die in den nächsten 500.000 Jahren wohl oberirdisch ›zwischengelagert‹ werden durften.

Munin hatte es sich auf Hans' Schulter bequem gemacht und ließ sich den Wind um den Schnabel wehen. Sie sah den anderen Vögeln zu, spreizte ab und zu die Flügel, machte aber keine Anstalten, das Fliegen selbst zu versuchen. Einige vorbeikommende Wanderer sahen Hans irritiert an. Er zuckte mit den Schultern, samt Vogel.

Auf einem Hügel nahm er den Raben auf seine rechte Hand und hielt den Arm ausgestreckt von sich. Munin breitete die Flügel aus und ließ sich vom Wind tragen. Allerdings ohne den Griff um Hans behandschuhten Zeigefinger aufzugeben, was dazu führte, dass er fast umgerissen wurde.

»Soll ich mitfliegen oder was?« Er hielt inne. Die Welt um ihn herum wurde grau, er spürte einen sanften Sog. »Ja«, flüsterte er. »Bald.‹

Munin warf Hans einen merkwürdigen Blick zu. Mit einem Schlag kehrten die Farben zurück.

Hans zuckte zusammen und erwiderte trotzig den Munins Blick. »Selber schuld! Hab ich darum gebeten, dass du mich umhaust?«

Munin schüttelte sich und krähte verstört.

Hans strich ihr beruhigend über die Federn. »Ist ja gut. Wir kriegen das schon hin. Du könntest dir aber ruhig ein wenig mehr Mühe geben.« Ihm kam eine Idee. Die Wiese neben dem Weg hatte recht hohen Bewuchs. Er sprang über den Graben und lief ein paar Schritte in die Wiese hinein. Dann nahm er Munin in beide Hände und hielt sie vor dem Körper. Als der Vogel die Flügel ausbreitete, warf er ihn vorsichtig gegen den Wind in die Luft. Munin segelte ein Stück, um dann ungeschickt aufzusetzen. Es schien ihr aber gefallen zu haben, wenn Hans die Lautbekundung richtig interpretierte. Sie vergnügten sich noch eine Weile mit ›Raben werfen‹, aber mehr als ein kurzer Gleitflug war nicht drin. Immerhin wurden die Landungen besser, und als Munin einmal einen kleinen Hügel hinab rollte, war Hans sich sicher, dass es kein Unfall gewesen war.

»So etwas Vergnügungssüchtiges!«, schimpfte er, froh, dass es dem Vogel gut ging. Er musste zugeben, dass dieses Spiel auch für ihn einen gewissen Unterhaltungswert hatte. Ob sich das Ganze noch steigern ließ? Vielleicht mit etwas mehr Wind? Ohne die Windräder in der Nähe? Hans beschloss, darüber nachzudenken.

* * *

Der Sonntag war kalt und nass. Hans ging einige Geschäfts-vorgänge durch, was seine Laune nicht verbesserte. Er fing an, eine Liste mit Punkten für Martin aufzustellen, hakte für jedes Projekt, das er durchging, diese Punkte ab. Am Ende des Tages hatte er eine Übersicht. Die Anzahl der ›Pain Points‹ war, entgegen seiner ersten Befürchtung, überschaubar, und sie wiederholten sich. Ein lösbares Problem also, vorausgesetzt, dass Martin nicht beratungsresistent war. Hans beschloss, die Diskussion um eine Woche zu verschieben, abhängig vom Gespräch in Hamburg und Martins Meinung dazu. »Aber dann musst du Farbe bekennen! Ich habe keine Lust, bei Helmut dazustehen, als ob ich auf Kosten der Firma Urlaub machen würde! Das wäre nicht fair.« Er sah Munin an. »Stimmt's oder habe ich recht?«

Munin nickte verständnisvoll. »Kraaah!«

Hans schüttelte den Kopf. »Fehlt nur noch, dass ich anfange, dauerhaft Selbstgespräche zu führen.«

Munins Kommentar erinnerte stark an ein weibliches, helles Lachen.

* * *

Am Montagmorgen fuhr Hans früh los. In Bremen bestieg er den Zug, der ihn schnell und ohne Stau nach Hamburg brachte. Auf dem Weg zum Termin kam er an einer Buchhandlung vorbei. Dort deckte sich mit Literatur zum Thema ›Raben‹ ein. Er war überrascht, in wie vielen Kulturen der Rabe eine wichtige mythologische Funktion wahrnahm. Außerdem hatte er den Eindruck, dass vieles, was als gesichertes Wissen angepriesen wurde, nicht mehr war als plausibel erscheinende Hypothesen. Überraschenderweise kam er zum gleichen Ergebnis, als er sein eigenes Arbeitsumfeld dagegen stellte. In seinen Projekten war er häufig Dingen begegnet, die am Projektende interessante neue Aspekte für bereits als ausgeforschte Technik geglaubte Verfahren brachten. ›Der ewige Martin Schleicher‹, dachte er ironisch bei sich.

* * *

An der angegebenen Adresse wurde er am Empfang abgeholt und in die obere Etage geleitet. Von dort hatte er einen schönen Blick über die Binnenalster. Hans konnte nicht umhin, in Gedanken den Immobilienwert abzuschätzen.

»Es ist unverkäuflich.«

Hans drehte sich um.

Vor ihm stand ein Mann, den er auf fünfzig bis sechzig Jahre schätzte. Er trug seinen Nadelstreifenanzug mit betonter Lässigkeit.

»Christopher van Rhin«, stellte er sich vor. Die grau-grünen, leicht schräg stehenden Augen kontrastierten zu dem dichten grauen Haar. Hans hätte ihn, ohne seinen Namen, auf den ersten Blick für einen Asiaten halten können.

»Hans Mayer. Angenehm. Sie sind Holländer?«

»Des Akzentes und des Ausweises wegen ja. Auch. Meine Familie ist in den letzten fünf Jahrhunderten viel herumgekommen.« Er zwinkerte belustigt. »Für mich ist die Globalisierung täglich Erlebtes. Nicht das, womit heutzutage Ausbeutung und Betrug gerechtfertigt werden.«

»Das hat sich am Telefon ein wenig anders angehört.«

»Ja, ich weiß. Verwechseln Sie mich bitte nicht mit einem Gutmenschen. Ich treffe mich heute mit Ihnen, um ein für mich profitables Geschäft zu machen. Was aber nicht heißt, dass andere dabei leer ausgehen müssen.«

»Jetzt haben Sie mich neugierig gemacht.«

Van Rhin bot Hans einen Platz am Konferenztisch an, von wo aus beide weiterhin die Aussicht genießen konnten. In den Tisch eingelassen war ein moderner, großer Touchscreen.

»Ich will gleich zur Sache kommen«, begann van Rhin und öffnete eine Datei. Im Tisch erschien das Bild eines großen Hauses, an dem der Zahn der Zeit schon eine Weile genagt zu haben schien. Strukturell stabil, aber in einigen Bereichen deutlich überwachsen.

»Spätes 19. Jahrhundert schätze ich. Ein Fabrikgebäude? Eine Manufaktur?«

Van Rhin nickte. »Ihr Hobby?«

»Nein, aber ich beschäftige mich mit historischen Maschinen von Berufs wegen. Die Gebäude gehören für mich dazu.«

»Gut zu hören, dass Sie kein Fachidiot sind«, meinte van Rhin trocken.

Hans lachte kurz. »Ich interessiere mich für vieles.«

Van Rhin faltete die Hände. »Also gut. Ein chinesischer Investor hat uns kontaktiert. Er glaubt, mit einer Textilproduktion auf Basis historischer deutscher Technik Geld verdienen zu können. Ein ziemlicher Gegenentwurf zu dem, was Sie und ich heute aus diesem Land kaufen würden. Wenn es ein Deutscher gewesen wäre, dann hätte ich ihm geraten, den Business Case zu vergessen. Sie wissen ja, ein Kleidungsstück darf bei uns nicht mehr als zehn Euro kosten. Oder über zweihundert. Dazwischen finden Sie wenig.«

»Ist das jetzt nicht übertrieben?«

»Etwas«, gab van Rhin zu. »Worauf ich hinaus will, ist, dass es für hochwertige, klassische und preisgerechte Textilien nur einen Nischenmarkt gibt. Sagen wir fünf Prozent der Käufer. Ich nenne ihnen natürlich nicht die richtigen Zahlen. Interessanterweise ist diese Nische weltweit gleich groß. Prozentual gesehen. Sie können mir folgen?«

Hans überlegte kurz. »Ja, das kann ich. Eine aufstrebende große Wirtschaftsnation hat da mehr Potenzial als ein Land …«, fast hätte er ›im Niedergang‹ gesagt, »welches nicht so groß ist.«

»Genau. Die Chinesen stehen auf deutsche Technik. Es wurden schon ganze Stahlwerke umgezogen. Mein Kunde will diese Fabrik umziehen und sie wieder in Betrieb nehmen. Was nicht einfach sein dürfte, denn dazu braucht es mehr als ein paar günstige Fabrikarbeiter.«

»Ich verstehe. Interessantes Projekt, auf jeden Fall. Wo ist der Haken an der Sache?«

»Der Haken ist, dass dieses Gebäude und die Maschinen darin seit über 100 Jahren außer Betrieb sind. Es wurde aufgegeben und vergessen, ist in keinem der Weltkriege bombardiert worden. Jemand hat da um etwa 1890 abgeschlossen. Seither ist niemand mehr dort tätig gewesen, von spielenden Kindern vielleicht abgesehen.«

»Nichts wurde demontiert oder beschädigt?«

»Wenig. Die Besitzer haben die Fabrik eingemottet und sehen gelegentlich danach. Das Ganze liegt abgelegen genug, um keine Vandalen anzulocken. Der Investor will nachvollziehbarerweise den Deal nur dann machen, wenn ich dafür garantiere, dass die Maschinen voll funktionsfähig wieder aufgebaut werden können. Und er will eine Dokumentation, mithilfe derer auch Ersatzteile gefertigt werden können.«

»Wo ist das Problem? In Deutschland gibt es genug technische Museen.«

Van Rhin öffnete eine andere Datei. Sie zeigte die Maschinen in der Maschinenhalle. Vier waren rot markiert.

»Mindestens diese sind von einem Unbekannten entweder hergestellt oder auf Basis vorhandener Pläne massiv modifiziert worden. Vielleicht unerlaubte Kopien. Abgekupfert wird ja nicht erst seit neulich, nicht wahr?«

Hans nickte zustimmend. »Weiter?«

Van Rhin zeigte auf die Nummer drei. »Diese hier zum Beispiel hat einen elektrischen Antrieb. Wahrscheinlich werden auch andere nicht direkt mit Wasserkraft betrieben.«

Hans horchte auf. »Wie alt sind diese Maschinen, sagten Sie?«

»Die neueren wurden zwischen 1870 und 1880 gebaut. Nehmen wir an.«

»Wow!«

»Wir müssten im Zuge der Relokation also möglicherweise auch noch den Denkmalschutz betrachten.«

Hans pfiff durch die Zähne. »Das wollen Sie sich antun? Papierkrieg ohne Ende, im schlimmsten Fall langwierige Gerichtsprozesse?«

»Nur so viel, wie sein muss. Der Investor will, dass die Maschinen nach den gleichen Prinzipien arbeiten wie die Originale. Er würde auch eine chinesische Kopie akzeptieren, wenn die verwendete Technologie dieselbe ist.«

»Das soll sich rechnen?«

»Der Investor sagt: ja. Ich sage: vielleicht. Warum sollte ich nein sagen? Meinen Aufwand bekomme ich auf jeden Fall bezahlt, und es ist interessanter als viele andere Projekte.«

Hans nickte. »Das sehe ich ein. Und was genau wollen Sie bei uns einkaufen? Wie lange, schätzen Sie, wird dieser Auftrag dauern? Nicht zuletzt, was ist Ihr Angebot?«

Van Rhin lächelte. »Ich sehe, Sie sind ein Realist.«

»Ja. Genau wie Martin Schleicher, mit dem Sie letztendlich verhandeln werden.«

»Ich denke, dass das Auseinandernehmen und Beschreiben circa ein halbes Jahr dauert, mit einem Team von fünf Leuten plus einem Projektleiter. Parallel muss in China alles vorbereitet werden. Das heißt, wenn ich meinem Investor sage, dass ich es hinbekomme, muss jemand aus Ihrer Firma nach China. Ich rechne mit mindestens zwei Jahren Auslandsaufenthalt. Das muss man schon wollen.«

Hans kratzte sich hinter dem rechten Ohr. »Ziemlich großer Auftrag. Wir werden es wahrscheinlich unserem großen Vorsitzenden vortragen müssen. Ganz offen gefragt: Gibt es hierzu eine Ausschreibung? Haben wir Konkurrenz?«

»Im Moment: nein. Ich brauche in spätestens vier Wochen eine definitive Antwort und einen Vertragsabschluss. Wenn wir in der Zeit nicht ohne große Wellen zu schlagen zu einem Ergebnis kommen, muss ich das Projekt ausschreiben.« Hans nickte. »Hört sich fair an, aber auch reichlich knapp. Zeigen Sie mir ein paar Details? Kann ich etwas mitnehmen?«

»Ja und nein. Ich bitte um Entschuldigung, aber da muss sich Herr Schleicher schon selbst bemühen.«

»Gut, einverstanden. Dann nehme ich im Kopf mit, was Sie mir erlauben zu sehen. Ist das in Ihrem Sinn?«

Van Rhin stimmte zu. »Wir beide werden uns noch einmal zusammensetzen, falls das Geschäft zustande kommt? Ich denke, wir würden gut miteinander auskommen. Was bei solchen Projekten lebenswichtig ist.«

Hans schluckte. »Danke für die Blumen. In Ordnung. Ich denke, in einem Monat weiß ich mehr.«

»Ich darf also festhalten, dass Sie und Herr Schleicher meine Ansprechpartner bleiben?«

»Sie sind ganz schön hartnäckig. Ja, einverstanden.«

Van Rhin lachte kurz und zufrieden. »Darf ich Sie zum Essen einladen, bevor Sie abreisen?«

Hans sagte zu.

* * *

Beim Mittagessen fragte van Rhin Hans nach dem Inhalt seiner Einkaufstasche. »Ich sehe, Sie haben sich schon in Hamburg umgesehen. Andenken?«

»Ich hatte heute Morgen noch etwas Zeit, und da habe ich mir Literatur über Raben besorgt.«

»Raben? Wieso denn das?«

»Mir ist einer zugeflogen. Ich versuche gerade, ihn wieder loszuwerden.«

»Wieso geben Sie ihn nicht einfach in ein Tierheim?«

»Ich fühle mich irgendwie verantwortlich für den. Zugeflogen heißt, mir vors Auto geflogen.«

»Ist das Tier schwer verletzt gewesen?«

»Zum Glück nicht. Aber fliegen will das dumme Federvieh auch nicht mehr.«

»Raben sind alles andere als dumm.«

»War eher metaphorisch gemeint. Ich habe das Gefühl, dass der mich adoptiert hat.«

Van Rhin lachte. »Kann passieren. Warten Sie einfach ab. Bald ist Frühling.«

»Und?«

»Dann interessieren sich Raben mehr für Raben als für Menschen.«

Hans grinste. »Die Hoffnung stirbt zuletzt. Ich wollte keine Zucht aufmachen, sondern diesen einen Raben durch keinen Raben ersetzen.«

»Ah, ein Weibchen also?«

»Sie können gut kombinieren.«

»Mein Hobby. Sie haben sich also Bücher gekauft, in denen steht, wie man Raben das Fliegen beibringt?«

»Nein, eher nicht. Ich wollte meine Bildungslücken stopfen. Ich war überrascht, was es da alles gibt. Biologisches, Mythologisches, Esoterisches. Unglaublich!«

»Ja, interessant. Der Rabe begleitet den Menschen schon seit einigen Jahrtausenden durch fast alle Kulturen. Glauben Sie einer polyglotten Familie. Er kann Laute imitieren, auch menschliche. Für einen Singvogel singt er eigentlich nicht besonders schön. Und er ist seit jeher, in vielen Kulturen, der Begleiter der Seele.«

Hans senkte den Kopf.

»Alles in Ordnung?«

Hans räusperte sich. »Ja. Entschuldigung«, fuhr er mit rauer

Stimme fort. »Mir ist etwas in den Hals geraten. Geht gleich wieder.« Er räusperte sich erneut, sah auf und wischte sich die Tränen aus den Augen. »Man soll halt nicht gleichzeitig atmen und essen.«

Das weitere Gespräch drehte sich um technische Dinge.

Zum Abschied gab van Rhin Hans die Hand. »Freut mich, Sie kennengelernt zu haben. Ich freue mich auf das Treffen mit Herrn Schleicher, und ich würde mich freuen, auch Sie bald wiederzusehen.«

Auf der Rückfahrt überflog Hans die Bücher. Zusammengefasst brachten sie ihm die Informationen:
1. Raben sind sehr intelligente Tiere.
2. Raben wurden in vielen Kulturen als Begleiter der Seele angesehen.
3. Warum ein gesunder Rabe nicht fliegen will: keine Ahnung.

* * *

Am nächsten Vormittag rief Martin Hans in sein Büro.

»Wie war dein Gespräch in Hamburg?«

»Eigentlich wollte ich –«

Martin unterbrach ihn. »Keine Zeit! Ich muss gleich wieder los!« Er zeigte auf einen Stapel neuer Hefter. »Damit du dich nicht langweilst«, meinte er grinsend.

Hans biss die Zähne zusammen. »Also gut. Ich mache es kurz. Die Leute wollen eine komplette Textilfabrik von Deutschland nach China umziehen. Um mit historischen Methoden Kleider, ich nehme an zu Designerpreisen, zu erzeugen. Die Maschinen sind seit über hundert Jahren außer Betrieb, möglicherweise sogar Kulturgut. Die Chinesen sind eventuell auch mit Kopien zufrieden, wenn diese genau so funktionieren. Es fehlt logischerweise an Wartung und an Dokumentation.«

»Hört sich zuerst einmal sehr interessant an.«

»Ja, durchaus«, stimmte Hans zu. »Es wäre ein sehr großer Auftrag für eine kleine Firma wie unsere. Würde geschätzt fünf Kollegen für mindestens zwei Jahre binden. Es wird erwartet, auch vor Ort in China zu sein. Wir müssten neue Mitarbeiter einstellen, um das zu handhaben.«

»China? Hm, da war ich noch nicht. Was ist mit dir? Solange wir da keine Zweigstelle aufmachen wollen, müsste man sich alle halbe Jahre abwechseln.«

Hans wiegte den Kopf. »Ich weiß nicht. Im Moment habe ich andere Pläne.«

»Und die wären?«

»Lasse ich dich rechtzeitig genug wissen. Ich glaube, van Rhin will mit dir Nägel mit Köpfen machen. Seine Zeit für selbstständiges Handeln ist knapp. Er meinte, dass er bis in einem Monat einen Vertrag braucht, danach könne er das Projekt nicht mehr geheim halten.«

»Ganz schön kurz getaktet. Da muss ich drüber nachdenken. Habt ihr schon weitere Termine ausgemacht?«

»Van Rhin erwartet, dass du ihn umgehend kontaktierst. Schließlich bist du der Chef hier. Ich habe alle Infos als Projekt abgelegt, unter der Bezeichnung ›Chinatex‹.«

Martin nickte. »Prima. Seh ich mir nachher an. Textilmaschinen sagtest du? Historisches Design auch der Produkte? Retro-Mode?«

»Könnte sein. Warum?«

Martin grinste verschlagen. »Sag ich dir nach meinem Gespräch mit van Rhin.« Er holte seinen Terminkalender auf den Bildschirm. »Ja, gut, das kann ich schieben. Ich melde mich bei ihm und versuche, für Mittwoch oder Donnerstag einen Termin zu machen. Das heißt, du bist mich für den Rest der Woche wieder los.«

»Wär aber nicht nötig gewesen.«

Martin warf Hans einen kurzen fragenden Blick zu. »Deinen anderen Kollegen scheinst du ziemlich aus dem Weg zu gehen.«

»Nein, eigentlich nicht. Ich habe halt nur viel zu tun und dränge mich niemandem auf.«

»Wenn du es so siehst.« Martin war nicht zufrieden mit der Antwort. Er zögerte. »Ich habe da noch etwas anderes, etwas Persönliches«, begann er vorsichtig.

»Ja? Was denn?«

»Ich weiß nicht, wie ich es ausdrücken soll, ohne vielleicht politisch unkorrekt zu sein.«

Hans hatte ein seltsames Gefühl in der Magengegend. »Versuch es so korrekt wie möglich.«

»Es geht um Claudia.« Martins Mimik hatte sich geändert. Sie war jetzt besorgt.

»Was soll mit ihr sein? Und was habe ich damit zu tun?«

»Das versuche ich gerade zu klären. Als sie am Donnerstag nach Hause gekommen ist, war sie völlig aufgelöst. Ich dachte zuerst, dass jemand sie körperlich angegriffen hätte. Das hat sie aber verneint. Ziemlich unglaubwürdig für meinen Geschmack.«

»Ich habe sie nicht angefasst.«

»Aber?«

»Aber was?« Hans beugte sich nach vorn und war nun Auge in Auge mit Martin.

»Aber was sonst?«

»Wir hatten eine heftige Meinungsverschiedenheit und haben festgestellt, dass wir in zwei verschiedenen Welten leben. Wenn sie dir nicht mehr darüber erzählt hat, dann werde ich es auch nicht tun.«

»Ich habe mir von dir ein paar mehr Infos erhofft.«

Hans knirschte mit den Zähnen. »Die soll mir einfach vom Hals bleiben. Dann wird es ihr besser gehen, und wir beide werden besser miteinander auskommen. Klar soweit?«

»Nein, nicht für mich.«

Hans lehnte sich zurück und verschränkte die Arme. »Dann kann ich dir nicht weiterhelfen.« Er sah Martin kalt an. »Sonst noch was?«

»Im Moment nicht. Wir verbleiben wie besprochen.«

»Ja, einverstanden. Übrigens…«

»Was?«

»Ich bin mit den anderen Projekten recht gut vorangekommen. Sieh mal in die Unterschriftenmappe. Helmut wird sich freuen, wie gut du und dein Team dastehen.«

»Wirklich?« Martin entspannte sich und lehnte sich zurück.

»Wirklich. Ich habe ein paar Punkte aufgenommen, die ich noch ausarbeiten werde. Die werde ich nächste Woche mit dir besprechen. Keine Ausrede.« Er sah Martin fordernd an.

»Mal sehen.«

»Nein. Mach bitte einen konkreten Termin mit mir aus. Ich hätte gerne deine Meinung, bevor ich Helmut Bericht erstatte. Ich bin ihm das schuldig. Er würde nicht verstehen, wenn ich ihn vertröste.«

Jetzt war es an Martin, ein säuerliches Gesicht zu machen. »Ok, meinetwegen. Ich stelle einen Termin ein.«

»Prima.«

Martin wechselte das Thema. »Wie geht es dem Raben?«

»Nächste Woche bringe ich ihr Schach bei.«

Martin sah Hans schräg an. »Im Ernst? Ich dachte, du wolltest sie loswerden.«

Hans lachte kurz. »Nein, natürlich nicht. Da hätte ich Angst zu verlieren. Was heißen würde, dass der Rabe dann ab nächsten Monat meinen Job bei dir macht.«

»Du willst mich veralbern!«

Hans nickte belustigt. »Dieser Rabe ist wirklich klug und verschlagen. Ich weiß nicht, ob sie nur simuliert. Manchmal habe ich das Gefühl, der Vogel würde meine Gedanken lesen.«

»Mach mal halblang. Es ist allgemein bekannt, dass Raben die menschliche Mimik und Gestik interpretieren können.«

Hans holte tief Luft. »Mag sein. Dennoch werde ich froh sein, wenn die den Abflug macht. Im Sinne des Wortes.«

* * *

Am Mittwoch waren Oscar und Dirk nicht gewillt, sich von Hans vertrösten zu lassen.

Oscar ließ sich nicht abschütteln. »Pass mal auf. Du kannst dich ja eingraben, aber deinen Kollegen permanent aus dem Weg zu gehen ist schlechter Stil. Wenn du uns für Arschlöcher hältst, dann sag es jetzt und wir lassen dich in Ruhe.«

»Nein, das ist es nicht«, versuchte Hans, sich zu verteidigen. »Ich kenne euch doch gar nicht gut genug, um das behaupten zu können.«

Dirk wirkte für einen Moment überrascht. »Wolltest du uns gerade beleidigen?«

»Nein. Wieso?«

»Siehst du!« Oscar zielte mit seinem Zeigefinger auf ihn. »Wenn du etwas sagst, weiß keiner von uns, wie du es meinst. Weil wir dich nicht gut genug kennen.«

»Ich bin doch nur zur Aushilfe hier«, gab Hans zurück.

Das ließ Oscar nicht gelten. »Wir sind ein überschaubarer Verein. Da muss man wissen, wer was von wem verlangen kann. Abgesehen davon bist du die erste Aushilfe, die Martin richtig einheizt.« Er grinste.

Hans lächelte gequält. »Unser großer Boss will es so. Also gut. Wo kann man denn hier ein gutes Bier trinken?«

»Da gibt es verschiedene Möglichkeiten. Wir machen eine kleine Stadtführung, und du nimmst dir ein Taxi, damit nichts schiefgeht, okay?«, schlug Dirk vor.

Hans gab sich geschlagen. »Meinetwegen.«

Sie verabredeten sich für den Abend und überließen Hans seinen Projekten.

* * *

»Nein! Du bleibst draußen!« Hans schob Munin in das Außenquartier. »Das mit dem Haustier kannst du vergessen! So!«

Der Rabe beschwerte sich krächzenderweise, aber Hans ließ sich nicht umstimmen. »So weit kommt es noch, dass ich nach deinem Schnabel tanze.«

Munin krächzte zustimmend.

»Hast du dir gedacht!«

Nachdem er Munin versorgt hatte, bereitete Hans sich auf den Abend vor. Als er ins Taxi stieg, warf er einen Blick zurück über die Schulter. Munin saß auf dem Dach und sah ihm gefühlt beleidigt nach.

»Etwas vergessen?«, fragte der Taxifahrer.

»Nein. Alles in Ordnung.« Er überzeugte sich davon, dass er genug Geld dabei hatte, dann nannte er dem Fahrer die Adresse.

* * *

Der Abend wurde, entgegen Hans' Befürchtungen, recht gemütlich. Oscar und Dirk erzählten die Ereignisse des letzten Jahres und waren sichtlich froh, einen Zuhörer gefunden zu haben, der die Geschichten noch nicht kannte. Beide nicht allein lebend, aber, wie ihre Partnerinnen, sehr flexibel im Berufsleben.

»Früher war das einfacher«, sinnierte Oscar. »Da bist du morgens aufs Feld oder in den Wald gegangen, und hast am Abend wieder am Tisch gesessen. Wenn du heute nach einer Woche nach Hause kommst, dann schaut sie in den Terminkalender, wer du bist.«

»Oder anders herum«, sekundierte Dirk.

Sie lachten.

»Ja, früher. In der Steinzeit«, meinte Hans. »Immerhin könnt ihr eure Schätze — ups — Schätzchen? Egal. Ihr könnt sie jeden Tag übers Internet sehen. Live und in Farbe. Oder?«

»Ich habe mich da auf E-Mails und Voice beschränkt«, erwiderte Oscar. »Man weiß ja nie, wer alles zusieht. Keine Fotos. Kein Video.«

»Kann ich mir lebhaft vorstellen«, lästerte Dirk. »Da liest du dann so was wie ›schau mal, was ich gerade nicht anhabe‹, oder so. Und der Typ vom Nachrichtendienst holt dann ihre Adresse aus dem Archiv und meint ›Aha‹.«

»Ich habe schon größere Kerle für weniger umgebracht«, grollte Oscar gespielt.

»Aber nicht in diesem Leben.«

»Tja, das ist wohl so. Der große Bruder ist immer dabei. Auf eigenen Wunsch, um das klarzustellen«, kommentierte Hans.

»Wie kommst du mit deiner Dressur voran?«, stichelte Dirk.

»Erinner mich nicht daran. Der Vogel kann alles außer Hochdeutsch. Und fliegen.« Hans nahm sich vor, nur noch ein Bier zu trinken. Eines. Er bestellte die nächste Runde.

»Ich habe sogar eine Waage besorgt, um zu sehen, ob der zu- oder abnimmt. Hatte Angst, sie zu überfüttern. Aber wisst ihr, die sucht im Garten nach Futter genau wie seine Artgenossen. Und mag es überhaupt nicht, wenn jemand mitessen will. Sie verscheucht die Konkurrenz dann mit weit gespreizten Flügeln und kräht oder faucht wie ein wütender Schwan. Da kann man richtig Angst bekommen.«

»Zeig dem bloß keine Hitchcock-Filme, sonst kommt der auf dumme Gedanken, und dann bist du das Futter«, gab Oscar zu bedenken.

Hans kratzte sich nachdenklich am Kinn. »Darauf bin ich noch gar nicht gekommen. Interessante Idee.«

»Trinken wir noch was Kurzes«, schlug Dirk vor.

»Aber nur einen.«

* * *

Am Morgen hatte Hans gewisse Schwierigkeiten mit dem Aufstehen. Er öffnete die Balkontür. Ein kalter und nasser Wind machte ihn in wenigen Sekunden munter.

Von unten kam ein missbilligendes »Kraaah.« Munin schob sich an ihm vorbei und schwang sich auf die Stuhllehne am Frühstückstisch.

»Ja. Ist ja schon gut.« Hans schleppte sich zum Kühlschrank um Frühstück zu machen. »Hättest ja wenigstens schon Kaffee kochen können.«

Munin produziert ein Geräusch, das ihn an ein Lachen erinnerte. An ein bekanntes, weibliches Lachen.

Hans schluckte, stürzte ins Bad und übergab sich. Nach zehn Minuten traute er sich wieder heraus. »Entschuldigung« murmelte er.

Munin sah ihn an und krächzte mitfühlend. Trotzdem aß der Rabe an diesem Morgen mehr als Hans.

* * *

Am Nachmittag klingelte das Telefon im Büro. Hans nahm ab und hatte Martin am anderen Ende.

»Ich sitze gerade bei Herrn van Rhin. Die Sache ist wirklich interessant.«

»Freut mich zu hören«, antwortete Hans, immer noch angeschlagen.

»Wie hörst du dich denn an? Bist du erkältet?«

»Nein. Das letzte Bier gestern war wohl schlecht. War mit den beiden anderen die Stadt besichtigen.«

»Aha. Sagt Bescheid, wenn ihr das nächste Mal loszieht. Das muss ja ein fröhlicher Abend gewesen sein.«

»Ja, durchaus. Was ist denn jetzt mit van Rhin?«

»Ich denke, wir können uns einig werden. Er möchte aber, dass wir uns die Maschinen vor Ort ansehen und ihm ein Gutachten erstellen, bevor er sich entscheidet.«

»Wieso soll ich da mit? Ich habe hier wirklich genug zu tun.«

»Hans. Das kann ein richtig großer Auftrag werden. Da müssen die anderen Themen eben mal zwei bis drei Tage liegen bleiben.«

»Können wir das unter vier Augen besprechen?«

»Schau bitte nach, ob du es möglich machen kannst.«

Martins Stimme war drängend, und Hans war klar, dass er nicht wegen seiner privaten Probleme nein sagen konnte.

Er atmete tief durch. »Ja, gut. So wie ich van Rhin kenne, hat er schon alles vorbereitet?« Er glaubte, ihn lächeln sehen zu können, als Martin zustimmte. »Grüß ihn von mir. «

»Mach ich.«

»Sag ihm bitte auch, dass wir nicht umsonst arbeiten.«

Er hörte ein Lachen im Hintergrund.

»Ich höre, ihr seid gut abgestimmt«, kommentierte Martin.

»Sieht so aus. Wo müssen wir denn hin?«

»Ziemlich weit in den Süden. Vogtland.«

»Und wann?«

»Nächste Woche Dienstag bis Donnerstag. Rechne einen Tag An- und Rückreise.«

Hans seufzte. »Ok. Ich bekomm das irgendwie hin.«

»Prima. Dann kläre ich die Details mit van Rhin. Wir sehen uns dann Montag Abend im Hotel vor Ort?«

»Was ist mit unserem Termin? Für Helmut?«

»Den müssen wir halt schieben.« Hans hatte das sichere Gefühl, dass das Martin sehr recht war.

»Ich denke, dass Helmut dafür Verständnis haben wird. Immerhin ein möglicherweise sehr großer Auftrag. Aber mehr als die eine Woche kann ich ihm nicht verkaufen.«

»Ja, verstanden«, kam es halbherzig zurück.

»Also gut. Ich weiß Bescheid. Noch was?«

»Ich ... wir reden nächste Woche darüber. Bringst du mir den Papierkram mit, falls es was zu unterschreiben gibt?«

»Klar. Mache ich. Also dann, und lass dich nicht übers Ohr hauen vom Holländer.«

Martin lachte kurz auf. »Ich werde mir Mühe geben.«

Wochenende auf der Insel

A m Freitag setzte Hans seinen Plan um. Er surfte im Internet über die Webseiten der Ostfriesischen Inseln, fand eine geeignete Ferienwohnung, in die man auch Haustiere mitbringen durfte, und wappnete sich für die Diskussion mit dem Vermieter. Im schlimmsten Fall müsste Munin das Wochenende halt auf einem Baum nächtigen. Das Haustier-Feeling wollte Hans nun wirklich nicht einreißen lassen. Die Frage, wie er die Dienstreise in der nächsten Woche gestalten sollte, verschob er erst einmal.

* * *

Kurz nach dem Mittag nahm er sich den Rest des Tages frei, schrieb seine Wochenendadresse und Mobilfunknummer in die Abwesenheitsmeldung für die Kollegen und fuhr an den Ort, von dem aus die Fähre ihn zur Insel bringen würde. Die Temperatur an der Küste waren unangenehm, ein rauer Wind blies ihm kräftig ins Gesicht und der kalte Regen ließ ihn an der Sinnhaftigkeit des Unternehmens zweifeln. Der Wetterbericht hatte sich deutlich positiver ausgedrückt. »Die haben wohl wieder vergessen, das Wetter zu informieren«, murmelte er grimmig bei sich. Munin schien das nichts anzuhaben, sie zupfte sogar den Reißverschluss der Tasche weiter auf.
»Laut Buch bist du ein Kolkrabe und keine Sturmkrähe «

»Kraah.«

Es klang belustigt. Hans schüttelte den Kopf.

* * *

Bevor die Fähre ablegte, riss der Himmel auf. Die Sonne sorgte für gute Laune. Hans setzte sich, den Kragen seines Parkas hochgezogen, zusammen mit Munin auf das Außendeck, in der Hoffnung, nicht von anderen gestört zu werden. Er stellte die Tasche mit dem Raben neben sich auf die Bank.

Ihm gegenüber nahm eine ältere Dame mit Pelzmantel Platz. Aus ihrer Reisetasche sah ein Hundekopf heraus. Der kläffte Munin an, worauf Munin zurückfauchte. Hans sah dem Treiben unbewegt zu.

Schließlich verlor die Hundebesitzerin die Geduld. »Was haben Sie denn da?«, wollte sie wissen.

»Einen Raben. Sieht man doch. Warum?«

»Haben Sie den etwa gefangen?« Entrüstung klang in ihrer Stimme.

»Nein, ich pflege ihn nur. Und was für eine Entschuldigung haben Sie für das da?« Er zeigte auf den Hund, der nach dem Finger schnappte.

Die Dame hatte einige Mühe, den Hund zu beruhigen. Dann wandte sie sich wieder Hans zu. »Wie? Was? Was soll mit ihm sein?«

»Der sieht auch ziemlich gefangen aus.«

Die Dame sah ihn entsetzt an. »Wie meinen sie das? Mein Odo würde sich in Freiheit gar nicht wohlfühlen. Einen so kleinen Hund kann man nicht allein lassen. Die sind extra so gezüchtet, dass man sich um sie kümmern muss!«

»Darauf sind Sie wahrscheinlich auch noch stolz?«

Die Dame zuckte zusammen und schwieg. Nach einer Weile sagte sie mit leiser Stimme. »Wissen Sie, es ist nicht gut, für sich allein zu sein. Da kommt man auf ganz seltsame Gedanken. Wenn es keinen Menschen mehr gibt, dem man sich anvertrauen kann, dann ist es besser, mit seinem Hund zu reden, als mit sich selbst. Verstehen Sie?«

Hans senkte den Blick. Ohne es zu merken, strich er Munin über den Kopf. »Ja«, antwortete er dann. »Sehr gut sogar. Ich bitte um Entschuldigung.«

»Verzeihen Sie die Neugier. Ist der Rabe Ihnen zugeflogen?«

Hans musste lächeln. »Gewissermaßen. Ich stand ihm im Weg. Jetzt werde ich ihn nicht wieder los.«

Munin schnappte nach Hans Finger, ließ sich aber überzeugen, dass Kekse besser schmecken.

»Man sagt, dass Raben ein Gespür für die Seele des Menschen haben.«

»Das bin ich mittlerweile fast bereit zu glauben. Wobei Esoterik nicht mein Fachgebiet ist.« Er zwinkerte ihr zu.

Die Dame lachte. »Meines auch nicht. Aber wenn jemand glaubt, alles im Leben berechnen zu können, wird er unterm Strich kein brauchbares Ergebnis vorfinden.«

In der nächsten halben Stunde sprachen sie über Gott und die Welt, aber nicht über sich.

Der Kapitän gab über den Lautsprecher bekannt, dass die Fähre in wenigen Minuten anlegen würde. Als sie an Land gegangen waren, gab die Dame Hans zum Abschied die Hand. »Ich wünsche Ihnen, dass Sie es schaffen, dem Raben die Freiheit wieder schmackhaft zu machen.«

»Ich werde mein Bestes tun, versprochen.«

* * *

Als Hans an dem schönen Einfamilienhaus, wo er das Wochenende verbringen wollte, ankam, fand er einen Zettel an der Tür: »Bin im Garten, Schlüssel steckt oben.« Er bezog sein Zimmer im Obergeschoss, setzte Munin ins Bad und ging nach unten, um sich dem Vermieter vorzustellen. Er traf ihn im Garten, wo er in dicker Arbeitskleidung und mit einem Spaten bewaffnet grub. Hans stellte sich vor.

Der Vermieter, ein mittelgroßer, grauhaariger Mann namens Werner verwickelte ihn in ein Gespräch über Gartenarbeit auf Inseln, Umweltschutz und was in dieser Zeit hier angesagt war. »Sie werden es eher ruhig haben. Keine Touristenschwärme, ein paar Rentner, hartgesottene Surfer und Schriftsteller auf der Suche nach Inspirationen. Den anderen ist es zu kalt um diese Jahreszeit.«

»Ist mir sehr recht. Das mit dem mitgebrachten Tier geht doch in Ordnung?«

»Ja, natürlich. Solange Sie alle Schäden bezahlen, die es anrichtet. Ich hatte schon eine Menge interessanter menschlicher und tierischer Gäste. Ich würde auf keinen verzichten wollen, obwohl ... was ist das denn?«

Aus dem ersten Stock war ein lautes, dunkles Bellen zu hören, sowie ein paar undefinierbare Geräusche.

»Ich hoffe, Sie akzeptieren auch Kreditkarte. Was haben Sie für einen Hund?«

»Einen Berner Sennenhund. Der tut aber nie so aufgeregt, selbst bei Katzen, die zu Gast sind. Jetzt bin ich wirklich neugierig auf Ihr Tier.«

Der Lärm ließ nach und verstummte. Werner sah Hans an. »Sie sind ganz schön entspannt, was Ihr Haustier angeht.«

»Ja. Um ehrlich zu sein, es ist eigentlich nicht mein Haustier, sondern –«

Der Hund kam angetrottet, mit Munin, die es sich auf dem Halsband gemütlich gemacht hatte.

Werner blinzelte überrascht. »Flora, so kenne ich dich ja gar nicht.«

Flora schaute ihr Herrchen an, als ob sie sagen wollte ›Ich bin ein kräftiger Hund, auch wenn es gerade nicht so aussieht‹.

Hans schüttelte grinsend den Kopf. »Der Rabe ist bei mir zur Pflege. Kann alles, außer fliegen und Hochdeutsch.«

Werner ging in die Hocke und streichelte den Hund und den Raben. »Ein Rabe. Die werden hier nicht immer gern gesehen. Aber Möwen sind schließlich auch keine Engel. Der hier scheint ein besonders kluges Tier zu sein.«

Munin nickte zustimmend.

Werner warf Munin einen überraschten Blick zu, dann zuckte er mit den Schultern. »So wie es aussieht, ist die Rangfolge ja geklärt.«

»Sieht so aus.«

»Was haben Sie mit dem Raben vor?«

»Ich hoffe, wenn ihr ein Wind um den Schnabel weht der kräftig genug ist, erinnert sie sich vielleicht wieder ans Fliegen.«

»Na dann viel Erfolg. Beruflich haben Sie zufällig nichts mit Tieren zu tun?«

Hans lächelte. »Nicht wirklich. Eher mit Schrauben, Rädern und Wellen. Alles, was irgendwie mechanisch ist und sich dreht. Kann ich den Raben hier lassen, wenn ich mir die Insel ansehen will?«

»Ja, kein Problem, nachdem die beiden sich geeinigt haben. Ich habe im Garten eine windgeschützte Ecke. Aber ich werde nicht aufpassen, ob er wegfliegt.«

»Wenn das passiert, dann gebe ich einen aus.«

»Ich werde Sie daran erinnern.«

Hans brachte Munin am zugewiesenen Platz im Garten unter und ging dann in den Ort.

* * *

»Kann ich Ihnen helfen?« Die junge Frau lächelte Hans gewinnend an, der unschlüssig die Auslagen des Drachensportgeschäftes begutachtete.

Er lächelte zurück. »Bitte. Ich suche eine Schnur für einen Drachen, aber ich bin mir unsicher, welche die richtige ist.«

»Darf ich Ihnen ein paar Fragen stellen?«

»Schuhgröße und Gewicht?«

Sie lachte. »Fast. Zuerst einmal: Sind Sie Anfänger, was Drachen angeht?«

»Kann man so sagen.«

»Was für einen Drachen haben Sie? Gewicht, Spannweite?«

»Ist das wichtig?«

»Ja, wegen der Zugspannung auf der Drachenschnur. Wenn die reißt, dann macht es keinen Spaß.«

Hans überlegte. »Hm. Spannweite. Ich schätze ungefähr einszwanzig. Gewicht? Ein Kilo? Mehr oder weniger.«

»Ein Kilo?« Sie runzelte die Stirn. »Das ist ziemlich schwer für so einen Drachen. Da brauchen Sie einen kräftigen Wind, damit der alleine fliegt.«

»Aha? Deshalb bin ich auf die Insel gekommen. Sehen Sie, ich arbeite beruflich mit Maschinen. Die fliegen üblicherweise nicht. Nun habe ich mir etwas ausgedacht und will testen, unter welchen Bedingungen es fliegt. Man kann schließlich nicht alles ausrechnen.«

»Ok, verstanden. Aber beschweren Sie sich nachher nicht bei mir, wenn Sie die ganze Zeit gegen den Wind rennen müssen, damit es oben bleibt. Hat Ihr Modell einen Motor?«

Hans musste sich auf die Zunge beißen. »Kennen Sie die Kinderspielzeuge mit Gummimotor?«

Sie lächelte versonnen. »Ja, damit habe ich als kleines Kind gern gespielt. Und jetzt bin ich hier.«

»Traumberuf gefunden?«

Ihre Augen strahlten. »Und einiges mehr.«

»Meer?«

»Meer. Und mehr.« Sie warf einen kurzen Blick zu dem breitschultrigen Mann an der Kasse.

Hans hatte das Gefühl, einen Faustschlag in den Magen zu bekommen. Er hustete.

»Alles in Ordnung?« Sie sah ihn besorgt an.

»Muss mich an die raue Luft gewöhnen. Es heißt ja, die sei gesund.«

»Definitiv. Wenn Sie sie vertragen.«

Hans zwinkerte ihr zu. »Wenn Sie es sagen. Was ist jetzt mit der Drachenschnur?«

Sie kramte eine Weile in der Auswahl. »Versuchen Sie es damit. Die ist etwas teurer, reißt dafür aber bestimmt nicht. Mit Rolle und Mechanik sowie Anleitung für die Knoten. Brauchen Sie sonst noch etwas?«

Hans überlegte kurz. »Ja. Einen möglichst kleinen Drachen mit einer Querstange. Stoff, kein Plastik. Dann schneide ich mir zurecht, was ich brauche. Sie wissen ja: Dem Inschenör ist nichts zu schwör.«

»Machen Sie bitte ein paar Fotos? Sie haben mich neugierig gemacht. Ich würde mir gern ansehen, was Sie da fliegen lassen.«

»Aber nur, wenn es funktioniert wie gedacht.«

»Versprochen?«

»Versprochen.« Hans kaufte die Schnur, den Drachen, ein paar kleine Werkzeuge und Ersatzteile. Die Idee, die er seit Tagen mit sich herumtrug, nahm langsam Gestalt an.

* * *

Später kam Werner vorbei, um Hans auf einen Grog einzuladen. Sie verbrachten einen gemütlichen Abend und hatten viel über Tiere und ihre vermenschlichten Eigenschaften zu erzählen.

* * *

Am Samstag hatte es sich zugezogen, doch es war trocken geblieben. Ein kräftiger Wind wehte von Westen her. Nach einem ausgiebigen Frühstück für Munin und ihn packte Hans seinen vorbereiteten Drachen, etwas Marschverpflegung und den Raben in die Tasche und machte sich, dick eingepackt, auf den Weg zum nördlichen Strand. Von dort ging er, Munin auf der Schulter, nach Osten. So weit, bis er niemanden mehr in seiner Nähe hatte. Auf dem Weg begegnete er einigen Frühaufstehern, die mit ihren Lenkdrachen Figuren an den Himmel malten und ihm kaum mehr als einen beiläufigen Blick schenkten. Sie hatten genug damit zu tun, nicht von den Sportgeräten über den Strand geschleift zu werden. Munin sah sich das Ganze interessiert an, breitete einmal sogar die Flügel aus, um sich anschließend fest in das Schulterpolster von Hans' Jacke zu krallen, damit es ihn nicht hinunterwehte.

»Ja, mach dich nur warm. Wenn du dich nicht mehr bewegst, dann siehst du bald aus wie ein Dodo.«

Munin krächzte ihn missbilligend an und schüttelte sich.

Nach einer halben Stunde breitete Hans seine Decke am Rande einer Düne aus und stellte die Tasche darauf. Munin suchte hinter der Tasche Schutz vor dem Wind.

»Vergiss es! Du bist gleich dran!« Er packte den von ihm gefertigten Mini-Drachen aus und befestigte ihn an der Schnur. Das Gestell sah reichlich lächerlich aus: ein kleines, stoffbespanntes Holzkreuz. Er hielt das Gebilde in den Wind, der es ihm fast aus der Hand riss. Vorsichtig gab er Leine. Das Drachenskelett blieb, etwas torkelnd, in der Luft.

»Was soll's. Lilienthal hat auch klein angefangen.«

Munin war zu ihm getrippelt und sah neugierig zu. Hans holte das Gestell ein, legte es auf den Boden und ermunterte den Raben, sich am Gestänge festzuhalten. Dann nahm er es vorsichtig auf und hielt es in den Wind. Munin öffnete die Flügel. Hans wurde ein paar Schritte mitgezogen, bevor er genug Halt fand, um sich dagegenzustemmen. Munin hatte sichtbar Spaß an dieser Version des Tauziehens. Hans zog das Gestell auf sich zu, worauf Munin die Flügel weiter ausbreitete. Hans ging in die Hocke und wollte sich nach hinten lehnen, aber es war zu spät. Er fiel nach vorne, wo er mit ausgebreiteten Armen liegen blieb. Munin saß, die Flügel eingezogen, auf dem Hilfsdrachen und sah ihn mit einem ziemlich schadenfrohen Blick an.

»Na gut. Noch mal, weil es so schön war.«

Er rappelte sich auf, suchte einen festen Stand und hob das Gestell samt Raben erneut hoch. Munin breitete vorsichtig die Flügel aus, genug, um ein Kräftegleichgewicht herzustellen. Hans ließ das Gestell los und hielt nur noch die Leine. Für einen kurzen Moment hatte er Angst, dass Munin abschmieren könnte. Doch der Rabe glich die Kräfte perfekt aus und schwebte nun auf dem Drachen vor ihm.

»Das ist doch mal was«, murmelte Hans zufrieden. Er gab langsam Leine nach, und der Doppeldrachen erhob sich immer höher in die Lüfte. Hans war begeistert. Immerhin hatte Munin das Fliegen nicht komplett vergessen. Hans drehte sich um und sah, dass die Lenkdrachenflieger jetzt auch warm geworden waren und kompliziertere Abläufe übten. Sogar ein Surfer hatte sich getraut, in der Nähe des Strandes dem Sport nachzugehen. Hans schaute bewundernd zu, wie das Brett an ihm vorbeischoss und der Surfer elegant wendete, um in die andere Richtung zu kreuzen. Dann wandte er sich wieder seinem Flugschüler zu. Munin hatte begonnen, in der Luft hin- und herzupendeln. Hans gab noch mehr Leine nach. Der ›Munin-Drachen‹ stieg auf, geschätzt 20 Meter hoch. Hans ging rückwärts, den Blick auf Munin gerichtet, auf die Decke zu, um sich dort niederzulassen und zuzusehen.

Hinter ihm klickte ein Kameraverschluss. Hatte die Verkäuferin ihn verfolgt? Warum auch nicht, die Flugversuche klappten, ja besser als gedacht. Er drehte sich um.

»SIE?« Fast hätte er die Schnur losgelassen.

»Was dagegen? Der Wind ist für uns alle da«, erwiderte die Frau im Neoprenanzug.

»Kommen Sie mir nicht damit! Der Strand ist lang genug, um sich nicht begegnen zu müssen! Für wie dämlich halten Sie mich eigentlich!«

Es arbeitete in Claudias Gesicht. Sie hatte große Mühe, nicht die offensichtliche Antwort zu geben.

»Eigentlich wollte ich mich entschuldigen. Falls das überhaupt möglich ist. Aber jetzt …«, sie zeigte auf den Drachen.

»Sie verstehen mal wieder alles, nicht wahr? Hauen Sie doch einfach ab!« Er drehte ihr den Rücken zu und holte die Schnur ein.

Munin hatte den Drachenfliegern wohl zu gut zugesehen. Fast hätte sie die Flugrolle geschafft, dann aber doch die auftretenden Kräfte unterschätzt. Sie ließ den Hilfsdrachen los und torkelte nach unten. Kurz vor dem Aufschlag gelang es ihr, den Fall zu bremsen, aber die Landung wurde trotzdem unsanft. Munin rollte mit dem Wind einige Meter weit und blieb dann liegen.

Hans rannte zur Absturzstelle. Der Rabe lag mit ausgebreiteten Flügeln auf dem Boden, der Wind zauste durch die Federn. Er hob den Vogel vorsichtig an.

Munin schüttelte sich, kam auf die Beine und schüttelte sich erneut, wie um zu zählen, ob alles dran war. Sie stieß ein Krächzen aus, das sehr unzufrieden klang, und stelzte in Richtung Decke davon.

»Da haben Sie wohl noch einmal Glück gehabt«, schimpfte Claudia.

Hans ignorierte sie und ging zur Decke, wo Munin es sich bereits gemütlich gemacht hatte. Er nahm die Drachenschnur und rollte sie vorsichtig auf. Dann legte er den Drachen zusammen und umwickelte ihn mit einem Gummiband.

»Glauben Sie im Ernst, dass Sie mich so einfach ignorieren können?«, fuhr Claudia ihn an.

Hans ließ den Drachen fallen, packte Claudia mit beiden Händen am Neoprenanzug in Schulterhöhe und zog sie auf Nasenlänge heran. »Sind Sie sicher, dass sie meine volle Aufmerksamkeit wollen?«

»Sie... Autsch!« Claudia sah nach unten. Munin pickte kräftig gegen ihr Bein. »Lass das!«

Munin zischte Claudia an und attackierte sie weiter.

Hans ließ Claudia los, trat einige Schritte zurück und beobachtete das Schauspiel. »Bello, fass!« Er ließ sich lachend auf die Decke fallen.

Munin wollte Claudia verscheuchen, sie ließ es aber nicht zu. Für Hans sah es wie ein Schaufechten aus. Munin sprang mit Flügelunterstützung hoch, versuchte aber nicht ernsthaft, Claudia zu verletzen. Und Claudia gab keinen Schritt nach. So entstand ein interessant anzusehendes Unentschieden.

Nach einer sehr unterhaltsamen Minute rief er: »Ich schicke euch beide zum Casting für ›Die Vögel reloaded‹, ok?«

Munin hörte auf, Claudia zu bedrängen. Sie kam zur Decke, nahm den Hilfsdrachen in den Schnabel und legte ihn vor ihm ab.

»Bist du sicher?«

»Kraah!«

»Das heißt wohl ›ja‹, nehme ich an.« Er machte den Drachen startklar.

»Was tun Sie da?«

Hans sah Claudia mitleidig an. »Haben Sie es nicht gesehen oder wollen Sie es nicht glauben?«

Claudia setzte sich trotzig in den Sand. »Dann zeigt mal, was ihr drauf habt!«

Hans zuckte mit den Schultern. Er setzte Munin auf den Drachen. »Alles mitbekommen?« Es kam keine Antwort. »Ist mir auch recht.«

Das Gespann stieg schwerelos in die Lüfte. Dieses Mal war Munin deutlich sicherer, trotzdem gab Hans nur vorsichtig Leine nach. Als Munin die Flughöhe für angemessen hielt, versuchte sie erneut eine Flugrolle. Die Erste war ein wenig hakelig, aber dann hatte sie den Bogen heraus. Das Einzige, was Hans noch machen musste, war mehr Leine nachzugeben, damit der Rabe sich austoben konnte.

Er hielt die Leine mit einer Hand und machte einige Fotos sowie einen kurzen Film, ziemlich wackelig allerdings. »Das glaubt mir keiner«, kommentierte er zufrieden. »Fehlen nur noch Start und Landung, dann bist du wieder ein richtiger Vogel.«

Er holte die Leine ein. Munin glitt die letzten Meter zur Tasche selbst.

Hans streichelte den Raben aufmunternd. »Gut gemacht.« Dann holte er die Kekse aus der Tasche und gab Munin einen. Nahm den Zweiten, zögerte, drehte sich zu Claudia und grinste. »Keks?«

Claudia starrte ihn an. »Ist das Ihr Ernst?«

»Doch. So billig bin ich noch nie an eine Frau gekommen.«

Sie musste lachen. »Soll das jetzt ein Friedensangebot sein?«

»Hängt von Ihnen ab.«

Claudia seufzte und nahm den Keks. »Wenn Sie das weitererzählen, sind Sie tot. Das schwöre ich!«

»Versprochen?«

Etwas in seinem Blick ließ ihre zustimmende Antwort ausfallen. »Ich weiß, dass Sie es wissen, aber jetzt offiziell: Ich bin Claudia. Claudia Schleicher.«

»Hans. Angenehm, zumindest im Moment.«

Beide zögerten.

Claudia verschränkte fröstelnd ihre Arme. »Ich muss los. Ewig hält das nicht warm. Ich habe keine Lust, mich zu erkälten.«

Hans nickte. »Ich habe noch ein paar Fragen an Sie ... dich. Ich glaube kaum, dass wir uns hier zufällig begegnet sind.«

»Natürlich nicht!« Claudia stand auf. »Ich habe Martin gefragt, wo ich ... dich finden kann. Er hat es mir nach einigem Zögern verraten. Davon abgesehen bin ich hier öfter zum Surfen. War einfach eine gute Gelegenheit.«

Hans wurde misstrauisch. »Wofür?«

»Um ... Hans, mir ist kalt. Können wir das Gespräch an einen wärmeren Ort verlegen? Bitte?«

»Von mir aus«, brummte er. »Wo pflegen Sportler wie du abzusteigen?«

»Im Dünenkrug. Sagt dir das was?«

»Noch nicht. Hab's aber im Prospekt gesehen. Nobel geht die Welt zugrunde, nicht wahr?«

Claudia wurde rot. »Da habe ich früher in den Semesterferien gekellnert. Jetzt empfehle ich die Tagungsräume weiter. Daher kostet es mich nicht so viel wie im Prospekt.« Es klang nicht wirklich überzeugend.

»Ich kann mich nicht erinnern, dich kritisiert zu haben.«

Sie biss sich auf die Lippen und starrte ihn an. »Du willst es wirklich auf die harte Tour, ja?«, fauchte sie. »Meinetwegen!

Wenn du das Arschloch spielen willst, dann tu's! 20 Uhr. Sei pünktlich. Und ich zahle!«

Sie drehte sich um und lief zu ihrem Surfbrett. Hans sah ihr länger nach, als er beabsichtigt hatte. Erst als sie auf dem Wasser ein gutes Stück weg war, schüttelte er heftig den Kopf. »Die hat mir gerade noch gefehlt!«, meinte er zu sich selbst. »Komm Munin. Wir essen jetzt was Vernünftiges, und dann kannst du Flora Gassi führen.«

Munin krähte zustimmend, was Hans' Laune deutlich verbesserte.

* * *

Er erschien pünktlich um acht Uhr abends im Lokal, gab seinen Mantel an der Garderobe ab und wartete am Eingang zur Gaststube, die Platz für etwa hundert Personen bot. Das Ambiente war einem Schiff aus der Wikingerzeit nachempfunden, mit einigen Schaustücken garniert, die echt aussahen.

Einer der Kellner, ein breitschultriger Mann etwa im gleichen Alter wie Hans, kam zu ihm. »Guten Abend. Haben Sie reserviert?«, fragte er höflich.

Hans grinste breit. »Nein.«

Der Kellner sah ihn irritiert an. »Ich bitte um Entschuldigung, aber wir sind ausgebucht. Wenn es recht ist, dann kann ich Ihnen einen Tisch um neun Uhr anbieten.«

»Das wird nicht nötig sein. Aber vielen Dank für das freundliche Angebot.« Hans deutete eine Verbeugung an und wandte sich zum Gehen.

»Guten Abend, Karl. Der Herr kommt mit mir«, sagte eine selbstbewusste Stimme hinter ihm.

Hans drehte sich um und sah aus dem Augenwinkel, wie

Karls neutrale Gesichtszüge für eine Sekunde einem hämischen Grinsen Platz machten. Claudia trug, wie er, legere Bürokleidung. Hose, ein leichter Pullover, nichts Körperbetonendes. Wobei ihre Auswahl deutlich geschmackvoller als seine war. Sie gab Hans ausreichend Zeit, sie zu taxieren. Hans räusperte sich theatralisch. »Darf ich bitten?«

»Meinetwegen.«

Als sie eintraten, fragte Hans halblaut zu Karl gewandt: »Ist die immer so drauf?«

Karl sah ihn mit undurchdringlicher Miene an. »Nur, wenn sie gute Laune hat.«

»Aha. Danke.«

Die Bänke waren bequem gepolstert, aber Hans hätte sich nicht über beiliegende Ruder gewundert. Bei genauerem Hinsehen entdeckte er eines an der Decke schräg über ihm. Sie nahmen einander gegenüber Platz. Claudia ließ sich einen Weißwein bringen, Hans bestellte ein kleines Bier. Beim Durchgehen der Speisekarte und der zugehörigen Preisliste runzelte Hans missbilligend die Stirn.

Claudia beugte sich zu Hans. »Hans«, raunte sie. »Wir sind beide erwachsene Menschen, die ihr Geld in gut bezahlten Jobs verdienen. Ich habe dich eingeladen. Auch wenn du mich nicht magst, erwarte ich von dir genug Professionalität, dass du mich vor den Menschen, die mich gut kennen, nicht beleidigst. Kannst du mir folgen?«

»Kann ich.« Hans vertiefte sich wieder in die Speisekarte. Für eine Weile spielte er mit dem Gedanken, die Gerichte und Getränke rein nach Preis auszusuchen. Aber abgesehen davon, dass er dann in ihren Augen als gesellschaftlicher Idiot dastand (was ihm nichts ausmachen würde, redete er sich ein), würde er damit einen Vorteil verschenken. Bisher war es immer noch Claudia, die ihm etwas schuldete.

»Wie wäre es mit dem Wildmenü für zwei?«, schlug er vor. Dann konnte sie sich kaum über ein Ungleichgewicht bei den Kosten beschweren.

»Daran habe ich auch gedacht.« Claudia lächelte flüchtig.

»Unentschieden also?«

»Teils, teils«, gab Hans zurück. Er erwiderte das Lächeln, wenn auch etwas verkrampft.

Die Vorspeise wurde serviert: Fasanenbrust an Feldsalat. Hans eröffnete das Gespräch. »Du bist mir noch ein paar Antworten schuldig.«

»Ja.«

»Gut.«

Claudia widmete sich dem Essen.

Nachdem abgetragen war und Hans einen kleinen Schluck von seinem zweiten Bier getrunken hatte, setzte er das Glas ab und machte Anstalten aufzustehen.

»Warte!«

»Worauf?«

»Das ist nicht ganz so einfach.«

»Da bin ich sicher. Diese Insel ist groß genug, dass wir uns nicht hätten begegnen müssen. Wir sitzen hier, weil du die komische Idee hast, mit unserem Konflikt vernünftig umgehen zu wollen. Für mich hätte es vollends ausgereicht, wenn du mir den Rest meines Lebens aus dem Weg gegangen wärst. Jetzt schweigst du mich an. Was soll das?«

Die Suppe wurde serviert. Hans zog die Bank wieder heran und nahm einen Löffel von der Waldpilzsuppe.

»Erstens: Ich wollte mich entschuldigen«, erinnerte Claudia.

»Du hast mir bereits am Strand gesagt, dass du dich entschuldigen wolltest«, stellte Hans süffisant fest. »Die Suppe ist wirklich gut.«

Claudia hatte ihre Faust um den Löffel gekrampft. Sie entspannte sich, nahm den Löffel richtig herum und probierte. »Ja. Sehr gut. Also: Ich entschuldige mich für das, was ich letzte Woche gesagt habe. Es mag sein, dass ich dich beleidigen wollte. Aber ich wollte auf keinen Fall deine Trauer lächerlich machen.« Sie sah auf ihre Suppe und aß schweigend weiter.

Hans spürte den Felsen in seinem Bauch und die schwarze Wolke, die sein Denken vernebeln wollte. Mit Anstrengung schob er diese Gefühle in den Hintergrund. »Meinetwegen. Akzeptiert«, brachte er heraus. »Aber dass du einen solchen Aufwand nur deswegen treibst, nehme ich dir nicht ab.«

Claudia sah auf. »Nein. Das allein ist es nicht. Womit soll ich anfangen? Verdammt! Es wäre nicht so kompliziert, wenn es nicht so kompliziert wäre! Obwohl es ganz einfach ist!«

Hans zuckte mit den Schultern. »Das ist zu hoch für mich.«

Das Hauptgericht wurde aufgetragen.

Claudia bedeutete Hans, mit Essen anzufangen. »Ich beginne am besten am Anfang.«

»Das ist oft eine gute Idee.« Hans senkte den Blick und konzentrierte sich auf die Rehkeule.

»Du könntest es mir ruhig etwas einfacher machen.«

»Warum sollte ich? Ich will nichts von dir.«

Sie stieß die Gabel in den Braten. »Fangen wir mit dem Raben an.«

»Was soll damit sein? Außer, dass sie nicht fliegen will?«

Claudia sägte sich ein ziemlich großes Stück ab und hatte so eine Ausrede, nicht sofort antworten zu müssen. Nach einer Weile fuhr sie fort. »Das habe ich am Anfang völlig falsch interpretiert«, gab sie zu. »Wenn ich das, was ich heute Nachmittag gesehen habe, nicht gesehen hätte, dann hätte ich meine Meinung nicht geändert. Bello, fass! Ich fasse es nicht!« Sie lachte in Gedanken an den Kampf mit dem Raben.

»Das hat mich umgehauen, ehrlich. Ich hatte nicht erwartet, dass der Rabe auf diese Ansprache reagiert. Und offensichtlich eifersüchtig ist. Was ich gar nicht nachvollziehen kann.«

Sie ging nicht darauf ein. »Wie auch immer. Dieser Rabe ist ein sehr ungewöhnlicher Vogel, finde ich.«

»Ist mir noch gar nicht aufgefallen.«

Sie sah ihn abschätzend an. »Schlägt er dich beim Schach?«

»Nein, aber sie mogelt beim Memory. Und sie kann große Hunde ausführen.«

»Sie?«

»Ja. Eine Sie. Hat zumindest die Tierärztin behauptet.«

»Tierärztin?«, fragte Claudia besorgt nach.

»Ja, Tierärztin. Ich meine schon einmal erwähnt zu haben, dass der Vogel mir ins Auto geflogen ist.«

»Kann sein. Wenn ich es zweimal höre, dann finde ich vielleicht die Stelle, an der deine Geschichte nicht passt.«

»Viel Spaß beim Suchen.«

»Du hast ihr also alles beigebracht?«

»Eben nicht. Das mit dem Memory nehme ich auf meine Kappe. Allerdings bin ich mir da nicht sicher. Die anderen Dinge: nein.«

Zum Abschluss gab es Vanilleeis mit Schlehengelee. Hans bestellte sich noch einen Espresso, Claudia einen Cappuccino.

»Was hast du mit dem Raben vor?«

»Fliegen beibringen. Ich glaube, wir sind heute einen Schritt weitergekommen. Als sie sich auf dich gestürzt hat, hat sie auch die Flügel zur Hilfe genommen. Aber sobald sie sich von mir beobachtet fühlt, hört sie damit auf.« Hans war die Frustration anzusehen.

»Und wenn es nicht klappt?«

Hans Miene verdüsterte sich. »Dann muss ich jemanden finden, der sich um sie kümmert. Ich habe andere Pläne.«

Claudia nippte an ihrem Getränk und wechselte das Thema. »Du weißt, dass ich als freie Produkt-Designerin arbeite?«

»Hans hat es erwähnt.«

»Mein Spezialgebiet sind Stoffe. Ich entwerfe zwar keine Kleider, aber ich bin immer auf der Suche nach interessanten Materialien und Techniken der Fertigung.«

»Hört sich interessant an.«

Claudia nickte. »Ich möchte nichts anderes machen.«

»Schön, wenn man das von seiner Arbeit sagen kann.«

»Ja, das ist es.« Ihre Augen leuchteten glücklich. Für einen Moment. »Hier kommst du ins Spiel.«

Hans war überrascht. »Für diese Themen habe ich wenig Sinn oder Interesse. Da dürfte es kaum berufliche Überschneidungen geben.«

Claudia sah ihn offen an. »Was ist mit dem potenziellen neuen Kunden?« Sie winkte ab, als Hans aufbrausen wollte. »Martin hat mir keine Details verraten. Er hat allgemein beschrieben, worum es geht. Ich könnte mir vorstellen, dass er recht hat. Dass diese Firma in Hamburg oder deren Kunde, auch an Unterstützung interessiert ist, was Design angeht.«

Hans gab sich reserviert. »Mag sein. Martin ist der Boss. Er entscheidet, mit wem er diesen Auftrag macht. Ich kann mir vorstellen, dass es für meine Kollegen eine echte Herausforderung sein wird, bei der sie viel Erfahrung sammeln können.«

Claudia sah Hans bedrückt an. »Martin hat ganz klar gemacht, dass du seine erste Option bist, wenn es um den Auftrag geht. Und dass ich keine Chance bekomme, wenn du wegen mir ablehnen solltest.«

»Aha?«

»Er sagt, dass ich das mit dir klären muss.«

Ein unspezifischer Zorn begann in Hans zu brodeln. »Das heißt, das schöne Vorspiel hatte nur den Zweck, mich für eine eventuelle Zusammenarbeit weich zu kochen? Sehe ich das richtig?«

Claudia ballte die Fäuste. »Nein. Das war es nicht. Sich bei dir zu entschuldigen, war richtig und notwendig. Der Rabe ist mir wichtig. Ich hätte dich spätestens nächste Woche erneut damit belästigt. Vielleicht wäre es besser so gewesen.«

Hans schüttelte den Kopf. »Es fällt mir schwer, das zu glauben«, erwiderte er.

Claudia schlug mit der rechten Hand auf den Tisch. Einige Gäste sahen sich erstaunt um. »Pass mal auf, du Superheld«, fuhr sie Hans an. »Ich kann genauso wenig in deinen Kopf hinein sehen wie du in meinen. Ich habe um Entschuldigung gebeten. Was mir verdammt schwergefallen ist, obwohl ich im Unrecht war. Du hast die Entschuldigung angenommen. Wenn du meinst, dich wieder auf deine alte Position zurückziehen zu können, dann bist du wirklich das Arschloch, für das ich dich bei unserer ersten Begegnung gehalten habe.«

»Und was ist jetzt dein Erkenntnisgewinn?«

Claudia stand entschlossen auf.

Karl trat zu ihnen hinzu.

»Alles in Ordnung, Karl«, sagte Claudia mit ruhiger Stimme. »Die Rechnung bitte auf mein Zimmer.«Karl sah kurz in Hans' Richtung. Claudia schüttelte unmerklich den Kopf.

Sie verließ den Gastraum, ohne sich noch einmal umzudrehen. Hans sah ihr mit gemischten Gefühlen nach.

* * *

Am Sonntag stand Hans früh auf. Der Himmel war klar, es wehte weiterhin ein kräftiger, kalter Wind. Munin fand Gefallen daran, ihre Flugkünste angeleint vorzuführen. Beim Einholen des Drachens glitt sie die letzten Meter selbst. Für den Start schien sie sich nicht zu interessieren.

»Sag mal« Hans sah den Raben an. »Glaubst du im Ernst, dass ich jeden Tag eine Frau anschleppen kann, auf die du fliegst?« Sein Grinsen fiel ziemlich kläglich aus.

»Kraah!«

Im Nachhinein fand Hans die Frage gar nicht mehr lustig. Claudia hatte ihm viel zu Denken mitgegeben. Er konnte sich nicht darauf hinausreden, dass sie nur aus geschäftlichem Interesse auf ihn zugegangen war. Wenn sie gewollt hätte, dann hätte sie Martin um den Finger wickeln können, da war er sicher. Dann wäre er draußen gewesen, obwohl er im Moment noch nicht einmal hineinwollte. Verdammt, warum musste das Weiterleben immer so kompliziert sein! Seine Gedanken stockten. Weiterleben? Wollte er das überhaupt? Zumindest hatte er sich bis zum nächsten möglichen Exit deutlich weniger privaten Stress gewünscht. Wenn dieser blöde Rabe ihn nicht am Leben festhalten würde!

Sein Blick ging über den Strand nach Westen. Abgesehen von einigen Möwen, die Sicherheitsabstand zu Munin hielten, sowie ein paar Strandspaziergängern gab es wenig zu sehen außer Sand und Meer.

»Ach, was soll's!« Auf dem Rückweg kam er am Dünenkrug vorbei, der gar nicht auf dem Weg lag. Er verhielt kurz, warf einen Blick durch die Fenster des Gastraumes. Ging dann weiter.

* * *

Am Nachmittag hatte der Wind abgeflaut. Für das Laufen am Strand war es jetzt angenehm, aber um einen Drachen steigen zu lassen, hätte dieser eine größere Fläche gebraucht als die ›Munin‹-Version. Oder einen Motor. Hans fühlte sich unwohl. Irgendetwas fehlte. Er hatte erwartet, dass sie zumindest aus der Ferne dem Raben hätte zusehen wollen. So wanderte er unmotiviert den Strand entlang, begleitet von Munin, die ab und zu ein paar Möwen scheuchte. Das Rauschen des Meeres und der salzige Geruch beruhigten ihn. Er erinnerte sich daran, dass Laufen auch gut gegen schlechte Laune ist. Seine Rippen taten ihm nicht mehr besonders weh. Es war bestimmt kein Fehler, sich zu bewegen, und er hatte noch nie wichtige Entscheidungen im Ärger getroffen. So hängte er die Tasche über die Schulter und zog den Drachen hinter sich her. Munin folgte dem Gestell, schnappte gelegentlich danach oder ließ sich ein paar Meter mitziehen. Hans begann, langsam zu laufen. Von hinten hörte er protestierendes Krähen. Er sah über die Schulter. Munin hatte es auf dem Sand nicht einfach, mit ihm Schritt zu halten. Flatterte ein Stück, um dann wieder zurückzufallen. Auf dem Drachen am Boden zu reiten, machte wegen des Sandes keinen Spaß. Munin griff nach der Querstange, krallte sich fest und schlug mit den Flügeln. Das Gespann hob ab. Hans spürte den Zug an der Schulter. Er erhöhte das Tempo. Anstatt loszulassen und zu Boden zu gleiten, unterstützte Munin die Aufwärtsbewegung mit kräftigem Flügelschlag, um sich dann wieder für eine Weile nach unten gleiten zu lassen. Eine Viertelstunde später war Hans erschöpft und reduzierte sein Tempo. Munin überholte ihn im Gleitflug und flog eine scharfe Kurve um ihn herum. Hans musste bremsen und stehen bleiben, sonst wäre er über die Drachenschnur gestolpert.

»Was soll das denn nun wieder?«, rief er.

Munin legte den Kopf schief und imitierte Hans' Smartphone Klingelton.

»Was?«

Das Smartphone klingelte. Bis Hans es aus der Tasche gekramt hatte, war der Anruf beendet. Eine Medien-Nachricht wurde angezeigt. Er öffnete sie. Die kommentarlos beigefügte Datei enthielt eine Serie von Fotos und einen kurzen Film. Sie zeigten Munins Flugübungen des gestrigen Tages und einen Arm, der einen anfliegenden Raben abwehrte. Hans musste lachen. Er drehte das Display zu Munin und spielte den Film noch einmal ab. »Bello, fass!«

Munin imitierte Hans' Lachen täuschend ähnlich.

»Ja, es war ein aufregender Tag, nicht wahr?«

Munin nickte.

Hans packte Smartphone und Drachen ein und klopfte sich auf die rechte Schulter. Munin flatterte hinauf und machte es sich bequem.

Er fütterte sie mit einem Keks. »Na, Claudia, schmeckt's?«

Munin pickte ihn kräftig an das Ohr.

»Aua! Du musst doch nicht gleich eifersüchtig sein!« Hans rieb sich das Ohr. Es blutete ein wenig. »Nichts, was man nicht mit einem Kopfschuss wieder in Ordnung bringen könnte«, brummte er. »Wenn du das noch einmal machst, dann musst du mich aufessen, kapiert?«

Munin gab ein zustimmendes Geräusch von sich.

»Das hat mir noch gefehlt. Ein ironischer Rabe. Danke!«

Munins Antwort klang fast wie »Nicht dafür.«

* * *

Bevor Hans abfuhr, suchte er seinen Vermieter auf.

»Sag mal: Wie gut kommt Flora mit dem Raben aus?«

Werner kratzte sich am Kopf. »Hab mir schon fast gedacht, dass du das fragst.«

»Nur eine Idee. Egal. Trotzdem würde ich nächstes Wochenende gerne wiederkommen.«

»Halt, halt!«, lenkte Werner ein. »So war das nicht gemeint. Dass ihr immer gleich aufgeben müsst.« Er schüttelte den Kopf. »Da war ich anders. Du bist doch beruflich bestimmt nicht so! Oder läuft bei dir alles immer glatt?«

»Alles andere als das. Ich muss eine Menge Gehirnschmalz reinstecken, bis die Schätzchen sich wieder drehen, das kannst du mir glauben.«

»Aber privat gibst du ziemlich schnell auf, oder? Entschuldige, wir kennen uns erst zwei Tage, aber so ein bisschen hast du mir diesen Eindruck vermittelt.«

Hans zögerte. »Darüber habe ich in letzter Zeit nicht viel nachgedacht«, gab er zu.

»Also, noch mal von vorne. Du willst mir deinen Raben andrehen.«

Hans lachte. »Nein! Es ist nicht mein Rabe. Ja! Ich will sie dir andrehen. Für eine Woche. Damit ich Munin«, er deutete auf Munin, die es sich bei Flora gemütlich gemacht hatte, »nicht durch halb Deutschland mitschleifen muss. Sie hat gute Fortschritte beim Fliegen lernen gemacht. Wenn sie wegfliegen sollte, wäre es mir recht, obwohl ich mich schon ein wenig an sie gewöhnt habe. Dieses intelligente und zänkische Weibsbild!«

Werner erwiderte das Lachen. »Gut beschrieben. Munin ist wirklich ein kluger Vogel. Die hat gestern Abend so lange Lärm gemacht, bis ich und Flora sie beschäftigt haben. Ich hoffe, du hast nichts dagegen.«

»Na ja, dass der Vermieter den Schlüssel hat und nach dem Rechten sieht, kann ich wohl kaum ablehnen, oder? Danke. Was willst du dafür?«

»Ich sag's dir, wenn du wiederkommst.«

»Solange es nicht mehr als hundert Euro sind, einverstanden.«

Werner nickte zustimmend. »Dann hätten wir das Geschäftliche geklärt. Ich frage noch ein paar Bekannte, damit mit dem Tier nichts schiefgeht. Meinst du, sie bleibt hier?«

»Darf ich etwas versuchen?«

»Nur zu.«

Hans ging zum Hundekorb und legte die Tasche daneben. Munin sah interessiert zu. »Hast du sie gestern füttern können?«

»War kein Problem.«

»Treuloser Vogel, treuloser.«

Munin krähte zustimmend.

»Das heißt dann wohl ja. Wir sehen uns am nächsten Wochenende?«

»Gerne. Ich denke, wir drei kommen bis dahin gut aus.« Er gab Hans die Hand. »Was das andere angeht: Nimm deine Gefühle ernst, aber nicht deine Stimmungen.«

»Ich werde darüber nachdenken.«

Die Fabrik

Am Montag stieg Hans gegen 9 Uhr ins Auto und machte sich auf den Weg nach Sachsen. Die ersten Stunden der Fahrt hatte er ein seltsames Gefühl. Munin fehlte ihm, irgendwie. »Kaum zu glauben, wie schnell man sich an einen Mitbewohner gewöhnt.« Er freute sich schon auf das Wochenende, hoffte fast, dass Munin dann noch da sein würde, und hatte gleichzeitig deswegen Schuldgefühle. Natürlich sollte der Rabe wieder selbstständig werden, aber es würde ein Abschied für immer sein. Er schüttelte den Kopf, konzentrierte sich auf den Verkehr und wandte seine Gedanken der vor ihm liegenden Aufgabe zu. Nicht ohne durch Gedanken an Claudia abgelenkt zu werden. Ob sie in der Sache recht hatte, darüber würde er noch intensiv nachdenken müssen. Aber als Mensch? Als Frau? Es fiel Hans leicht, sich Claudia auch in anderem Outfit vorzustellen. Sie hatte sich am Wochenende ziemlich zurückgehalten, fand er im Nachhinein. Er musste ihr, wider Willen, dafür einen Pluspunkt geben. Es war der Situation angepasst gewesen, seiner Situation. So viel Einfühlungsvermögen hatte er nicht bei ihr erwartet, nach den ersten Begegnungen. Und wenn es Berechnung gewesen war? Um ihr Ziel, ihren Platz im Projekt, zu erreichen?

»Das tun doch alle! Handeln, schachern, gefallen wollen! Sich Vorteile verschaffen!« Er nahm sich da nicht aus. Was er jetzt tat, war auf sein kurzfristiges Ziel ausgerichtet. Niemandem zur Last zu fallen, wenn er dann weg war. Seine

Methoden unterschieden sich in keiner Weise von denen Claudias.

»Ohne Vertrauen läuft nichts. Was für eine tolle neue Erkenntnis!« Gut. Ab damit in den Themenspeicher. Zuerst das Naheliegende erledigen. Das war der Ort, zu dem er gerade fuhr. Er musste auf jeden Fall mit Martin reden. Immerhin hatte er Claudia seine Telefonnummer und Wochenendadresse herausgegeben. Was fiel dem eigentlich ein!

* * *

Martin erwartete Hans bereits in der Hotel-Lobby.

»Wie war das Wochenende?«, fragte er mit Unschuldsmiene.

»Das kann ich dir nicht zwischen Tür und Angel erzählen. Können wir uns heute Abend zusammensetzen?«

Martins Selbstsicherheit bekam Risse. »Ja, einverstanden.«

»Gib mir zehn Minuten, mein Gepäck abzuwerfen, ok?«

»Kein Problem. Van Rhin ist schon zur Fabrik vorgefahren, ich bringe uns hin. Wo hast du den Raben gelassen?«

»Auf der Insel. Der wollte lieber Hunde Gassi führen.«

Martin sah Hans schräg an. »Wie meinst du das denn jetzt?«

»Das glaubst du wahrscheinlich auch dann nicht, wenn ich es erzählt habe. Bis gleich.«

* * *

Gegen vier Uhr nachmittags hielten sie vor der Fabrik. Das Gebäude lag außerhalb des Ortes, etwa eine Stunde zu Fuß, wie Hans schätzte. Umgeben von Wald, an einem Bach mit kräftigem Wasserlauf gelegen, befand es sich am Rande eines parkähnlichen Geländes, auf dem ein Herrenhaus zu sehen war.

»Sieht sehr beschaulich aus«, bemerkte Hans, als sie auf van Rhin und den Besitzer des Anwesens trafen.

»Ja, das ist es auch.« Der ältere Herr mit grauen Haaren und Schläfen zupfte seinen Lodenmantel zurecht. »Harald auf der Warte, wenn Sie gestatten. Warte reicht. Mir gehören das Haus und die Fabrik. Wobei Fabrik ein wenig übertrieben ist.« Van Rhin stellte Martin und Hans vor.

Warte machte eine einladende Handbewegung. »Es ist schon spät. Gehen wir hinein. Ich zeige Ihnen einige Unterlagen. Ehrlich gesagt kann ich es immer noch kaum glauben, dass sich irgendjemand für diesen halb verfallenen Kasten interessiert.«

Van Rhin stimmte zu. Sie machten sich auf den Weg zum Herrenhaus.

Hans wandte sich an Warte. »Für mich sieht es aus wie ein etwas zu groß geratenes Jagdschloss.«

»Da liegen Sie richtig. Es war ein Jagdschloss, welches meine Vorfahren im 19. Jahrhundert erworben und umgebaut haben. Um 1875 ist die kleine Weberei dazugekommen. Wissen Sie, damals, gab es hier nicht viel Arbeit. Die Landwirtschaft war nie Hobby der Familie, wenn Sie verstehen, was ich meine.«

»Interessant. War es denn nicht aufwendig für die Arbeiter, aus dem Ort hierher zu laufen?«

Warte lächelte. »Meine Ahnen hatten neben der Fabrik auch Unterkünfte geschaffen, so dass die Arbeiter die Woche hier verbringen konnten. Und es gab hier kein Wirtshaus. Ich glaube, dass es Absicht war, denn nach 12–14 Stunden harter Arbeit geht keiner mehr in den Ort, eine Wegstunde entfernt nicht wahr? Der Sonntag war arbeitsfrei. Wer Lesen und Schreiben lernen wollte, konnte es hier ebenfalls tun.« Er zog die Stirn in Falten. »Immerhin mehr, als andere für zehn- bis sechzehn-Jährige in dieser Zeit getan haben. Um 1880 wurden die elektrischen Maschinen installiert. Meine Vorfahren gehörten, was das anging, zu den Ersten im Deutschen Reich. Aber es war zu spät für Textilindustrie, die Fabrik zu klein. Kurz nach 1900 wurde sie geschlossen. Meine Urgroßeltern haben ihre Gewinne in langfristig profitable Dinge investiert. Es reichte, um das Anwesen zu unterhalten, aber nicht für die Fabrik.«

Im Hauptgebäude war ein Raum für die Prüfung der Unterlagen eingerichtet worden. Hirschgeweihe und ausgestopfte Vögel starrten auf einen großen Tisch, auf dem sich etliche Aktenordner sowie Pläne befanden. Auf einem Tisch an der Seite waren Kaffee und Gebäck bereitgestellt worden.

»Ich darf sie doch zum Abendessen einladen?«

Die anderen stimmten gerne zu.

»Sie haben es hier sehr gemütlich«, lobte Martin das Anwesen. »Leben Sie allein?«

»Nein. Im Haus wohnen die Haushälterin und der Gärtner. Ab und zu kommen mein Sohn und meine Tochter mit ihren Familien zu Besuch. Ich glaube nicht, dass sie hierhin ziehen werden, wenn ich einmal nicht mehr da bin.« Sein Blick ging in die Ferne. »Nein. Die Geschichte dieses Ortes wird mit mir enden.« Er lächelte. »Aber bis dahin vergehen hoffentlich noch ein paar Jahre. Wer weiß, was die Zukunft bringt. Dass wir uns treffen, und aus diesem Anlass, hätte ich auch nie erwartet.«

»Es scheinen sich bei Ihnen einige Stücke Technik zu befinden, die sich, vielleicht, wiederbeleben lassen. Zumindest hat Herr van Rhin uns deswegen hierhergelockt«, sagte Hans.

»Wenn sie es sagen. Ich habe mich, nachdem Herr van Rhin mit mir Kontakt aufgenommen hat, ziemlich intensiv in den Archiven des Ortes umgesehen. Um ehrlich zu sein: Ich war überrascht, wie wenig über die technischen Details der Fabrik dort noch vorhanden ist. Als ob jemand diese

Informationen entweder veräußert oder vernichtet hat.« Er sah Martin und Hans an. »Da kommen Sie ins Spiel. Herr van Rhin und ich sind Kaufleute. Ich werde Sie mit meinem nicht aufgeschriebenen Wissen unterstützen, und mit dem, was es hier im Hause an Aufzeichnungen gibt. Ich hoffe, sie können in den geplanten drei Tagen genug herausbekommen, um eine valide Einschätzung abzugeben.«

»Wir werden sehen.« Martin zeigte auf den Tisch. »Wollen wir gemeinsam eine erste Sichtung vornehmen? Ich würde gerne damit anfangen, dass Sie uns etwa eine Stunde das zeigen oder erzählen, was Sie in diesem Zusammenhang für wichtig halten. Wir machen uns ein paar Notizen, stellen einige Fragen. Wir bekommen so ein erstes Bild und vielleicht auch eine Idee, an welchen Orten sich weitere Recherchen lohnen würden. Ist das in Ihrem Sinn?«

Warte nickte. »Ja, das hört sich gut an. Legen Sie los.«

* * *

»Was hast du dir eigentlich dabei gedacht?«

Hans und Martin saßen sich in der Hotelbar gegenüber, einer dem Stil der 50er nachempfundenen Location, wobei Hans den Verdacht hegte, dass ein Teil des Mobiliars tatsächlich aus der Zeit stammte.

Martin sah verlegen aus. »Da sind mehrere Dinge zusammengekommen.«

»Ach! Welche denn? Ich verteile deine private Telefonnummer auch nicht überallhin.«

»Jetzt mach mal einen Punkt!«, rechtfertigte Martin sich »Claudia ist nicht irgendjemand …«

»Sie ist jemand, mit dem ich weder beruflich noch privat zu tun habe«, erinnerte Hans.

»Dazu gibt es wohl verschiedene Meinungen.«

»Mag sein. Meine hat da wohl nicht gezählt.« Er sah Martin finster an.

Martin holte tief Luft. »Na schön! Ich habe einen Fehler gemacht! Ich hätte dich vorher fragen müssen.«

»Meine Antwort wäre nein gewesen.«

»Das ist mir klar. Glaubst du im Ernst, dass du so aus der Nummer rausgekommen wärst? Davon abgesehen hatte ich einen konkreten beruflichen Grund.«

»Ich will nicht das böse Wort Begünstigung in den Mund nehmen. Aber ich sehe im Moment keinen Zusammenhang zwischen unserem Job hier und deinen Bemühungen, Claudia in das Projekt hineinzubringen.«

Martin nippte an seinem Whiskey. »Darf ich noch mal von vorne anfangen. Bitte?«

Hans nickte widerwillig. »Meinetwegen.«

»Gut. Ad eins. Eure Begegnung im Büro ist denkbar schlecht gelaufen. Warte!« Er wehrte Hans ab, der etwas sagen wollte. »Ich will hier kein Fingerpointing machen. Es gab ein Missverständnis wegen des Raben. Ganz offen: Du warst nicht sehr darum bemüht, es aufzuklären.«

»Na und? Ich habe sie nicht gebeten, sich um meine Angelegenheiten zu kümmern.«

»Du hättest es aber netter rüberbringen können. Stell dir vor, du wärst so mit van Rhin umgesprungen.«

»Der ist ein potenziell wichtiger Kunde.«

Martin schüttelte den Kopf. »Ich glaube, du solltest deine Prioritäten mal sortieren. Ok. Es ist also Scheiße gelaufen. Danach hat Claudia einen großen Fehler gemacht.«

»Kann man so sagen.«

»Von mir hat sie das Passende zu hören bekommen. Sich einfach mit seiner Meinung aufzudrängen geht gar nicht. Aber was auch immer sie dir da gesagt hat: Du wärst nicht umhingekommen, dir ihre Entschuldigung anzuhören, von der ich ausgehe, dass die ernst gemeint ist. Oder sehe ich das falsch?«

»Wäre wohl nicht zu verhindern gewesen«, gab Hans zu.

Martin sah Hans irritiert an. »Wie seid ihr verblieben?«

»Ich arbeite noch dran.«

»Was heißt das?«

»Das heißt, dass ich dran arbeite. Ja, sie hat sich entschuldigt, das kann ich nicht einfach so zur Seite schieben. Aber ihre mögliche Beteiligung an diesem Projekt liegt mir quer. Die Art und Weise, wie sie es mir unterjubeln wollte, stößt bei mir sauer auf.«

Martin zuckte mit den Schultern. »Kann ich verstehen. Aber so ist das Leben nun einmal. Manchmal kommt alles auf einmal, und nicht immer in der gewünschten Reihenfolge. Dass jede Planung am Ende von der Realität eingeholt wird, muss ich dir nicht erzählen, oder?«

»Ganz ehrlich: Ich weiß gerade nicht, wie ich es einsortieren soll.«

Martin öffnete seine Hände. »Sieh es so. Van Rhin hat mir bei unserem Gespräch einige interessante Details genannt, bei denen ich sofort an Claudia gedacht habe. Nicht, weil sie meine Schwester ist. Sondern weil sie in dem, was sie tut, wirklich gut ist. Sie ist enorm engagiert und sie hat einen Blick für diese Dinge. Ich nehme sie oft mit, wenn ich Klamotten einkaufe. Und muss ihren Spott ertragen, dass die kleine Schwester den großen Bruder immer noch anzieht. Pfft!«

Hans lächelte. »Ja, ist mir schon aufgefallen.«

»Was?« Martin sah unauffällig an sich herunter.

»Sie ist immer passend angezogen. Nicht exklusiv oder protzig, einfach passend zur Situation.«

Martin räusperte sich. »Du solltest sie mal sehen, wenn sie ›dressed to kill‹, trägt. Da wäre ich gerne nicht ihr Bruder, das kannst du mir glauben.«

Hans lachte. »Das glaube ich dir aufs Wort.« Er nahm einen großen Schluck Bier. »Trotzdem«, fuhr er fort. »Das ist ziemlich viel, was Claudia mir da auf einmal zumutet. Ich werde mich nicht überfahren lassen. Ich weiß doch noch nicht einmal, ob ich in diesem Projekt überhaupt dabei sein will.«

»Du hast heute Nachmittag einen sehr interessierten Eindruck gemacht.«

»Trotzdem. Helmut hat mich als Unterstützung für dich geschickt. Wir haben noch ein Thema offen, das ich für diese Woche hintanstelle, wegen des möglichen Auftrages.«

»Ich weiß.« Martin langte nach seinem Glas und stürzte den Rest hinunter. »Mit anderen Worten: Es wäre besser gewesen, wenn ich Claudia aus dem Spiel gehalten hätte. Zumindest, bis die Situation geklärt worden wäre.«

»Ja. Verdammt! Ich habe ihre Entschuldigung akzeptiert. Eine Minute später erzählt sie mir, dass sie in das Projekt einsteigen möchte. Was würdest du an meiner Stelle denken?«

»Ich verstehe dich. Da ist einiges ziemlich schräg gelaufen. Ich mache mich für Claudia stark, weil sie fachlich sehr kompetent ist. Wir werden sie oder jemand anderen mit ihrem Know-how im Projekt brauchen. Es ist deine Entscheidung. Das habe ich auch Claudia gesagt.«

Hans trank aus. »Ich werde darüber nachdenken. So vorurteilsfrei, wie es in dieser Situation möglich ist.«

Martin war nicht begeistert, aber erleichtert. »Einverstanden. Und morgen sehen wir uns genauer an, was Herr Warte für uns hat.«

* * *

Am nächsten Morgen waren Martin und Hans um neun Uhr vor Ort. Warte und van Rhin begrüßten sie kurz und zogen sich danach in einen Nebenraum zurück, um über geschäftliche Details zu verhandeln.

»Dann wollen wir mal.« Martin zeigte auf den Stapel von Aktenordnern, Skizzen, Plänen und anderen Dokumenten, die sich in einem Regal an der Wand stapelten.

»Hat Warte erlaubt, dass wir die Dokumente fotografieren und die Daten mitnehmen?«

»Er ist einverstanden, solange wir alles verschlüsselt speichern.« Er grinste. »Und er wäre uns dankbar, wenn wir für ihn eine Sicherheitskopie auf eine externe Platte machen.«

»Das ist fair genug.« Hans legte seinen Laptop auf den Tisch und schloss Scanner und Grafiktablett an.

Martin bremste ihn. »Wenn du alles aufnehmen willst, sitzt du in einem Monat noch hier. Wir müssen erst einmal herausfinden, ob es sich überhaupt lohnt.«

»Und wie?«

»Ich habe da meine Methode. Lass den Computerkram stehen, den brauchen wir später. Zuerst sollten wir darüber reden, wonach wir suchen sollen und wo wir es finden.«

»Wie meinst du das?«

»Denk an das Gespräch von gestern. Warte hat uns gesagt, dass er nicht glaubt, dass wir allzu viele technische Details in diesen Papierbergen finden werden. Van Rhin geht ebenfalls davon aus. Deshalb dürfen wir uns ja drei Tage hier austoben. Ich schlage etwas anderes vor. Nimm die Kamera mit und den Werkzeugkasten. Den hast du doch nicht in Wilhelmshaven gelassen, oder?«

»Nein, alles klar.«

»Gut. Dann sehen wir uns als Erstes die Fabrik an. Ohne Begleiter.«

»Na gut. Was versprichst du dir davon?«

Martin strich sich über das Kinn. »Ich bin nicht sicher. Warte sagte etwas von elektrischen Maschinen.«

»Ja und?«

»Die gegen 1880 in Betrieb genommen wurden. Für die Textilerzeugung könnten das einige der ersten elektrischen Maschinen sein, die überhaupt für diesen Zweck gebaut wurden.«

Hans spürte ein leichtes Kribbeln im Bauch. »Das wäre natürlich eine große Sache. Falls die noch tun.«

»Eben. Deshalb will ich mir die Teile zuerst ansehen. Dann wissen wir, wonach wir in den Unterlagen suchen müssen.«

Sie ließen sich die Schlüssel geben und machten sich auf den Weg. Mittlerweile stand die Sonne höher, aber im Wald war es noch sehr frisch. Hans begutachtete das große Vorhängeschloss, welches die beiden Flügel des Tores zum Fabrikgelände zusammenhielt.

»Das ist eine Sonderanfertigung. Die Wartes müssen vernarrt in technisches Spielzeug gewesen sein. Das sieht aus wie in einem Märchen.« Der große Schlüssel mit dem komplizierten Bart fügte sich exakt ein, und das Schloss öffnete sich mit einem leisen Klicken. »Zumindest das ist ständig gepflegt worden. Sieht aus wie neu und funktioniert auch so.«

»Interessant.«

Das Tor gab das erwartete rostige Quietschen von sich, als Hans und Martin einen Flügel mit einiger Anstrengung beiseite schoben und das Gelände betraten.

Das Gelände der Fabrik war unaufgeräumt. Man sah den Ruinen der Unterkünfte an, dass es irgendwann einmal einen Brand gegeben haben musste. Die Bäume hatten sich im letzten Jahrhundert ungehindert ausbreiten können. Bis auf den Weg zum Fabrikgebäude, den der Gärtner erst kürzlich entgrünt hatte, war alles überwuchert.

»Fehlt nur noch Dornröschen, das uns an der Tür begrüßt«, kommentierte Martin den Anblick. »Die darf ich dann küssen, ja?«

»Und wer macht deine Arbeit, wenn du dich in einen Frosch verwandelst?«

»Du. Wer sonst. Wer das Problem benennt, dem gehört es.«

Sie gingen die breite Treppe hinauf und standen nach 20 Stufen vor einem eisernen Tor. In den eingearbeiteten Fenstern fehlte jegliche Verglasung. In der Tür war ein modernes Sicherheitsschloss eingebaut.

»Dornröschen ist ausgezogen.« Hans schloss auf.

Sie betraten das Innere der Fabrik. Durch die hohen, teilweise glaslosen Fenster fiel das Licht auf die in drei Reihen angeordneten Maschinen. Sie waren mit dicken Planen abgedeckt. Hans zählte und kam auf fünfzehn. Ihm fiel auf, dass keine zwei Maschinen gleich aussahen.

»Das ist ungewöhnlich. Von einer Fabrik hätte ich eine höhere Standardisierung erwartet. Hast du es auch bemerkt?«

»Was?«

»Dass alle Maschinen wahrscheinlich Unikate sind. Massenfertigung stelle ich mir anders vor. Das sieht aus wie eine Technikausstellung.«

»Ja. Du hast recht. Ich war mit meinen Gedanken aber gerade da.« Er wies auf einen Generator, der offensichtlich mithilfe von Wasserkraft elektrischen Strom erzeugt hatte. »Das ist völlig ungewöhnlich. Wenn du mich fragst, dann wurde hier zwar produziert, aber der Besitzer hatte wohl ein großes Interesse an Vielfalt. Ich schätze, das Ganze gibt einen Querschnitt über Textilmaschinen des 19. Jahrhunderts.«

»Warum macht jemand so etwas?«, fragte Hans erstaunt.

»Keine Ahnung. Warum geben Leute ein Schweinegeld für bemalten Stoff aus?«

Hans schüttelte den Kopf. »Das führt zu nichts. Wo fangen wir an?«

Martin zog die Plane vom am nächsten beim Generator stehenden Artefakt. Ein elektrischer Webstuhl kam zum Vorschein. »Damit?«

»Wieso nicht? Suchen wir mal das Typenschild. Ich wette, da steht eine einstellige Seriennummer drauf.«

»Kann gut sein.«

Bevor sie anfangen konnten, mussten sie sich noch Besen, Handfeger und Putzlappen besorgen. Der Staub haftete auf den Maschinen wie eine Decke, die sich nur unwillig entfernen ließ. Als sie fertig waren und die Staubwolken sich gelegt hatten, traten beide zurück.

Martin war die Überraschung ins Gesicht geschrieben. »Die sieht aus wie neu!«

»Erstaunlich. Das kann nicht nur an der übergeworfenen Plane liegen. Wo ist jetzt das Typenschild?«

Sie fanden keines, aber dafür die Abdeckung für die elektrische Zuleitung.

»Die hätten die Schrauben ruhig früher normen können«, beschwerte Hans sich halblaut. »Was soll denn das? Fünfkant ohne Schlitz?«

»Für mich sieht es wie eine Sonderanfertigung aus. Damit nicht jeder die Klappe aufbekommt«, vermutete Martin. »Ich wette, die finden wir auch an den anderen Maschinen.«

»Immerhin haben wir etwas Passendes dabei, nicht wahr? Falls die Schrauben nicht verrostet sind, bekomme ich das hin.« Hans machte ein paar Aufnahmen und nahm dann die Maße von den Schrauben ab. Danach bepinselte er eine Schraube und ihre nähere Umgebung mit einem Spezialkunststoff. Anschließend stülpte er eine kleine Metallröhre auf die Schraube. Er füllte die Röhre mit einem schnell härtenden

Material. »So! Das konnten die damals noch nicht! Jetzt eine halbe Stunde warten.«

Sie nutzten die Zeit, um einige der anderen Maschinen in Augenschein zu nehmen und zu fotografieren. Martin behielt recht, was die Schrauben anging.

Dann war es so weit. Hans verband die Röhre mit dem zugehörenden Griff und versuchte vorsichtig, die Schraube zu lösen. Zuerst gab sie nicht nach. Er dachte schon daran, etwas anderes zu versuchen, aber dann ließ sie sich doch, wenn auch mit erheblichem Kraftaufwand, drehen. Mit dem erstellten Werkzeug entfernte er alle sechs Schrauben. Das Gehäuse selbst war mit Kautschuk wasserdicht mit der Maschine verbunden. Es leistete einem großen Schraubendreher keinen Widerstand. Vorsichtig hob Martin den Deckel ab.

Hans sah hinein und pfiff anerkennend. »Vom Aufbau her würde ich auf Gleichstrom tippen. Wer auch immer dieses Ding gebaut hat, er hat alles verwendet, was damals Ingenieur-Wissen gewesen ist.« Er überprüfte die Leiter mit einem Multimeter, bevor er die Klemmen löste. »Das sollte es sein. Martin, ich glaube, der Generator wird ebenfalls sehenswert sein.«

»Kann gut sein. Hans?«

»Ja?«

»Wenn wir in dem Tempo weitermachen, dann werden wir nicht alle Maschinen zu sehen bekommen.«

Hans nickte. »Schon klar. Aber bisher haben wir den Auftrag nicht. Lass uns die Maschine im Detail ansehen, und die Stromerzeugung. Das sollte für den Anfang reichen.«

Sie verbrachten den Rest des Tages damit, die Maschine auseinanderzunehmen, zu fotografieren und bis zum Abend wieder zusammenzusetzen.

* * *

Am Mittwoch war das Wetter umgeschlagen. Ein kalter Wind blies über die Wipfel. Alle waren froh, die Arbeit im gut geheizten Herrenhaus fortsetzen zu können.

Warte war von den ersten Ergebnissen begeistert gewesen, zeigte sich aber überraschend zurückhaltend, wenn es darum ging, mit zusätzlichen Informationen weiterzuhelfen. Hans hatte den Eindruck, dass es noch an Vertrauen fehlte. Trotzdem meinte van Rhin, dass er mit Warte in den Verhandlungen gut vorangekommen sei.

Hans und Martin stürzten sich auf die Unterlagen. Schnell wurden die Unterschiede in der Arbeitsweise deutlich.

Hans ging die Dokumente Seite für Seite durch, hielt inne, wenn er eine interessante Stelle gefunden hatte, und dokumentierte diese mit einer kurzen Notiz auf seinem Laptop.

Martin schnappte sich einen Ordner, blätterte ihn durch und machte gelegentlich eine handschriftliche Notiz oder ein kryptisches Zeichen auf ein großes Blatt Papier, welches er an den rechten Rand des Tisches gelegt hatte.

Hans schüttelte den Kopf. Als er nach längerer Suche etwas Interessantes gefunden hatte und Martin um Bestätigung bat, teilte dieser ihm mit, dass er den Punkt schon vor einer halben Stunde abgehakt hatte.

Hans sprach Martin daraufhin an. »Ich habe das Gefühl, dass wir nicht besonders effizient arbeiten. Wenn ich nach etwas suche, was für dich schon lange klar ist, dann verschwenden wir Zeit, die wir nicht haben.«

Martin sah ihn erstaunt an. »Wieso? Mich hat es nicht aufgehalten.«

Hans seufzte tief. »Aber es hält mich auf. Wenn du fünf deiner kostbaren Minuten verschwendet hättest, dann wäre ich jetzt deutlich weiter.«

Martin zuckte mit den Schultern. »Mag sein. Aber so arbeite ich nun einmal.«

»Wir haben heute Vormittag deswegen eine Stunde verloren. Eine Stunde, in der ich das, was du schon wieder vergessen hast, zusammentragen musste«, mahnte Hans mit unterdrücktem Ärger. »Da draußen steht Arbeit für Monate. Wenn ich das hochrechne, dann werden wir keinen Meilenstein halten können, nur weil du...«

»Was willst du?«, fuhr Martin ihn an. »Es läuft doch!«

Hans gab nach, vorläufig. »Das ist wohl nicht der richtige Zeitpunkt, um das Thema zu vertiefen. Ok! Dann weiter wie gehabt.«

* * *

Bis zum Nachmittag waren sie mit der Sichtung der Unterlagen fertig. Warte hatte zum Kaffee eingeladen. Der Speiseraum im Stil des Biedermeier strahlte eine altbackene gemütliche Behaglichkeit aus; man sah den Möbeln an, dass sie sowohl genutzt als auch instand gehalten wurden.

Martin stellte die Ergebnisse vor.

»Mehr als diese eine Maschine konnten Sie gestern nicht näher in Augenschein nehmen?« Warte klang ein wenig enttäuscht.

Hans lächelte gewinnend. »Nein. Dieses Stück hat es uns wirklich angetan. Sagen Sie, gibt es außer den Unterlagen die Sie uns zur Verfügung gestellt haben, noch irgendetwas anderes, was Bezug darauf nimmt? Alte Zeichnungen, Gemälde, Heliografien, Zeitungsartikel? Von mir aus auch private Tagebucheinträge Ihrer Vorfahren? Betriebsgenehmigungen vielleicht im Archiv des Ortes?«

Warte zögerte und Hans hatte wiederum das Gefühl, dass er etwas verschwieg.

»Sie können es ja mal im Stadtarchiv versuchen. Ich gehe derweil noch einmal durch die Familienchronik. Wer weiß?«

»Wir sind sehr gespannt«, gab Martin zu. »Wie kommen Sie voran?«, fragte er, um das Gespräch in eine andere Richtung zu lenken.

»Ich bin zufrieden«, gab Warte zur Antwort. »Ihre bisherigen Ergebnisse wirken sich positiv auf den Preis aus.« Er lächelte verschmitzt.

Van Rhin stimmte zu. »Das ist wahr. Ich glaube nicht, dass der Investor mit so viel technischer Qualität gerechnet hat. Wenn die Qualität stimmt, dann muss auch der Preis stimmen. Schließlich ist es meine Provision, die ich mit verhandle, nicht wahr?«

»Ich sehe schon, am Ende werden alle gewinnen«, kommentierte Hans leicht ironisch.

»Wäre das so schlimm?«, fragte Warte zurück.

Hans atmete heftig aus.

»Alles in Ordnung?«

Hans räusperte sich. »Entschuldigung, mir ist etwas in den falschen Hals geraten. Doch, das wäre natürlich ein sehr schönes Ergebnis.«

»Aber wir sind noch nicht da«, ergänzte Martin mit einem Blick auf van Rhin.

»Stimmt. Aber gut unterwegs. Wo wir genau stehen, klären wir final nächste Woche in Hamburg, wie vereinbart. Ich muss ja schließlich auch meinem Kunden Rede und Antwort stehen.«

»Apropos Ergebnisse«, warf Hans ein. »Wann hat das Stadtarchiv denn geöffnet?«

»Da haben Sie Glück«, gab Warte zur Antwort. »Morgen ist Bürgertag. Am besten sprechen Sie persönlich vor. Die Menschen hier sehen gern, wen sie vor sich haben, bevor sie sich Zeit nehmen.«

»Kein Problem. Wir fahren morgen auf dem Weg hierher vorbei und machen das klar. Danke für den Tipp.«

* * *

Am Abend lud van Rhin die beiden noch zu einem Gespräch ein. Zuerst ging es um allgemeine Themen. Er druckste ein wenig herum, bis Hans ihn verbindlich fragte, was er denn noch auf dem Herzen hätte.

»Bisher ist es doch super gelaufen. Die Fabrik scheint in einem guten Zustand zu sein, zumindest was die Maschinen angeht. Wo drückt Sie denn der Schuh?«

»Wie soll ich es formulieren?« Van Rhin nahm gedanklich Anlauf. »Es hat auf den ersten Blick nichts mit diesem Projekt zu tun. Im Gespräch habe ich Warte auf die Familienchronik angesprochen. Konkrete Belege könnten einige der Exponate interessanter machen. Es hat mich überrascht, dass Warte hier recht verschlossen gewirkt hat. Ganz anders, als wir ihn kennengelernt haben. Ich möchte ihn noch nicht direkt darauf ansprechen. Wenn Sie morgen zur Stadtverwaltung gehen, dann werfen Sie doch bitte einen Blick auf die Jahre zwischen 1800 und 1870. Nicht nur Technik betreffend. Vielleicht gibt es dort ein paar familiäre Details. Mit konkreten Daten zu argumentieren ist möglicherweise nicht so unhöflich, als wenn ich ihn ins Blaue hinein fragen würde. Sie verstehen? So ist es vielleicht leichter für ihn.«

»Haben Sie einen bestimmten Verdacht?«, fragte Hans.

Van Rhin schüttelte den Kopf. »Ich habe den Schatten einer Idee im Hinterkopf. Die ist aber so abstrus, dass ich erst mehr in Erfahrung bringen will, bevor ich sie erzähle.«

»Wir werden sehen, was wir tun können«, versprach Martin. »Für mich müssen Sie aber auch noch etwas tun.«

»Und das wäre?«

»Textilproben. Warte hat nur technische und kaufmännische Informationen zur Verfügung gestellt. Aber Proben der Produkte sind keine dabei. Ich kann mir nicht vorstellen, dass jemand, der so akribisch seine Historie pflegt, nichts davon aufbewahrt.«

»Ich werde ihn morgen fragen. Das hilft vielleicht auch bei meinem Problem.«

»Prima. Wir fotografieren die Proben dann. Ich kenne jemanden, der sich mit Textilien auskennt.«

Hans zog die Augenbrauen hoch.

»Von mir aus«, gab van Rhin widerwillig sein Einverständnis. »Aber keine Details zum Standort der Anlage. Sonst platzt das Projekt.«

»So machen wir es.«

»Warum ist Ihnen das denn so wichtig?«

Hans antwortete. »Sehen Sie, wir haben nur die Gerätschaften vor uns. Keine Doku. Wir haben noch keine gute Vorstellung von den Möglichkeiten.«

»Das wäre doch eigentlich das Problem des Investors.«

»Teils, teils. Sie werden keine Handbücher mehr finden. Zu diesem Ergebnis sind wir schon gekommen. Also werden wir probieren müssen, was geht. Mit den Mustern und fachlicher Hilfe können wir uns besser vorstellen, an welcher Schraube gedreht werden muss. Und der Investor, was er für sein Geld bekommt.«

»Ja. Das ist nachvollziehbar.« Van Rhin hob sein Glas. »Dann wollen wir darauf anstoßen, dass der morgige Tag uns interessante Einsichten beschert.«

Der Chinese

Die Archivarin sah die beiden Männer, die sich in ihrem Büro eingefunden hatten, fragend an.

»Was kann ich für Sie tun?«

Martin musterte die schlanke, braunhaarige Frau und räusperte sich.

»Ja?«, fragte sie erneut.

»Hans Mayer und Martin Schleicher«, beendete Hans die Pause. »Sie sind Lydia Maurer, die Archivarin?«

»Steht draußen am Schild«, antwortete Lydia reserviert. Martin sah sie fragend an.

»Ja, ich bin es tatsächlich.« Sie lächelte vorsichtig.

Martin erwiderte das Lächeln. »Entschuldigen Sie, dass wir Sie so überfallen. Wir arbeiten bei Herrn auf der Warte und nehmen die alte Fabrik näher in Augenschein. Er hat uns erzählt, dass hier vielleicht einige historische Informationen zu finden sein könnten, die er selbst nicht besitzt.«

»Ja, das mag sein. Sie haben doch nichts dagegen, dass ich bei Herrn Warte nachfrage?«

»Nein, natürlich nicht.«

Das Telefonat war in wenigen Minuten erledigt. Lydia kehrte zum Tresen zurück, nun etwas aufgetaut. »Das ist schön. Wissen Sie, die Wartes sind seit Generationen hier ansässig. leben aber sehr zurückgezogen. Obwohl sie maßgeblich für einen Teil der Stadtentwicklung verantwortlich zeichnen.«

»Wie das?«, wollte Martin wissen.

»Die erste Schule im Ort war für die Kinder, die in der Fabrik arbeiteten. Die anderen ansässigen Unternehmungen waren um diese Zeit mehr an der Ausbeutung der Arbeitskraft interessiert. Nein, die Wartes waren auch keine Sozialreformer«, fuhr sie fort. »Zumindest nicht nach heutigen Maßstäben. Aber immerhin. Es gibt sogar einen lokalen Scherz, der sich auf die Wartes bezieht.«

»Aha?«, Martin beugte sich leicht über den Tresen, schien es gar nicht zu bemerken.

»Ja. Obwohl ich den Sinn nicht verstehe. Wissen Sie, wenn hier im Ort jemand eine Sache nicht alleine hinbekommt und Hilfe braucht, dann sagt er ›Ich gehe jetzt zu Warte und frage den Chinesen‹. Seltsam, nicht wahr?«

»Damit ist nicht das Chinarestaurant am Ortseingang gemeint?«, brach Hans den Zauber des Moments.

»Ganz sicher nicht.« Lydia lachte. Ein angenehmes, helles Lachen.

Hans schüttelte sich.

»Verzeihung?«, frage Lydia.

»Schon in Ordnung. Kalt hier.«

»Wirklich?«

Martin sah Hans an. »Hast du dich erkältet?«

»Nein, ich hoffe nicht. Kommst du alleine klar? Ich mache noch ein paar Fotos von der Fabrik und bitte Herrn Warte um einen heißen Tee. Oder so.«

Martin drehte sich zu Hans um und zwinkerte ihm dankbar zu. »Ich glaube schon.« Dann, zu Lydia gewandt: »Haben Sie ein wenig Zeit, um mir zu helfen?«

Sie warf einen kurzen Blick auf den Terminkalender. »Sie haben Glück. Einverstanden. Haben Sie genug Zeit mitgebracht? Da sind einige Schubladen zu öffnen.«

»So viel Sie wollen«, gab Martin charmant zurück. »Danke für Ihr Entgegenkommen.«

»Ehrlich gesagt, ich bin auch gespannt«, gab Lydia zu. »Ich wollte mich schon lange einmal mit den Wartes befassen. Jetzt habe ich sogar über Sie indirekt Kontakt.«

Hans räusperte sich. »Dann will ich nicht weiter stören. Wir sehen uns am Nachmittag?«

Martin nickte, fast widerwillig. »Ja, machen wir. Du rufst mich an, und ich besorge mir dann ein Taxi.«

* * *

Hans begab sich mit allerlei Werkzeug und Kamera bewaffnet in die Fabrik. Er hatte sich vorgenommen, an Maschinen und Generatoren zumindest die Abdeckungen zu entfernen, um einen Blick ins Innere zu werfen. Nachdem er bei Maschine Nummer zwei beinahe am Staub der Jahrhunderte erstickt wäre, band er sich einen Atemschutz um und ging die Sache vorsichtiger an. Wobei ihm ein geliehener Staubsauger gute Dienste leistete. Er konzentrierte sich darauf, viele scharfe Fotos zu machen, ohne das Aufgenommene genauer zu betrachten. Dafür würde später Zeit genug sein.

* * *

Am Nachmittag war er durch mit der Bestandsaufnahme und gab Martin Bescheid, dass er ihn, nach einer Dusche im Hotel, abholen würde. Als er am Rathaus ankam, sah er Martin, mit einem großen Aktenordner unter dem Arm, sich herzlich von Lydia verabschieden. Hans schüttelte den Kopf und verdrängte dunkle Gedanken. ›Nicht jetzt!‹

»Und? Wie ist es gelaufen?«, fragte er Martin, als sie losfuhren.

»Besser als gedacht.«

»Aha?«

»Aha. Was dagegen?«

Hans verstand ihn mit Absicht falsch. »Hast ja jede Menge Papier mit. Warum sollte ich etwas dagegen haben?«

Martin wurde verlegen. »Ach so. Das.«

Hans lachte. »Sag bloß, dich hat's erwischt.«

»Keine Ahnung. Da gehören ja zwei dazu. Immerhin war sie sehr nett.«

»Wie nett?«, war Hans' süffisante Gegenfrage.

»Können wir bitte das Thema wechseln?« Martin lächelte zufrieden.

»Was hast du, habt ihr, herausgefunden?«

Martin patschte mit der Hand auf den Aktenordner. »Diese Wartes haben wirklich eine interessante Vergangenheit. Mit der werde ich Harald mal konfrontieren. Bin gespannt, wie er reagiert.«

»Was denkst du?«

»Ich sehe da zwei Möglichkeiten. Entweder er geht darauf ein und packt ein bisschen mehr aus der Familienkiste aus, oder der Deal wird nicht zustande kommen.«

* * *

Als sie in das Projektzimmer kamen, waren Warte und van Rhin ins Gespräch vertieft,

Martin legte vorsichtig den Aktenordner auf den Tisch und fragte im Unschuldston: »Kennt jemand von Ihnen einen Herrn Tang aus Qingdao?«

Sowohl van Rhin als auch Warte zuckten zusammen und starrten erst Martin, dann sich gegenseitig überrascht an.

Martin setzte ein Pokergesicht auf und sich an den Tisch. »Herr auf der Warte, machen Sie den Anfang?«

Warte zögerte. Dann holte er tief Luft. »Das ist eine lange

und traurige Geschichte, bei der es mir lieber gewesen wäre, niemand hätte gefragt.«

Martin zeigte auf den Ordner. »Das glaube ich gern. In den Papieren stehen nur die Fakten. Ich wüsste gern mehr über das Drumherum.«

Warte holte tief Luft. »Die Geschichte beginnt Anfang des 19. Jahrhunderts. Einer meiner Vorfahren, Klaus Warte, ist ein sehr reiselustiger Mensch gewesen. Er kam gegen 1835 in das Gebiet des heutigen Wladiwostok, wo er es als Pelzhändler zu einigem Reichtum gebracht hat. 1850 wurde seine Tochter Emilie geboren. Die Familie zog einige Jahre später weiter und siedelte sich gegen 1860 in China an. Dort, wo heute besagte Stadt steht. Qingdao. Wie Sie vielleicht wissen, hat dieser Teil der Welt auch eine deutsche Vergangenheit aus der Kaiserzeit. Die Wartes hätten es dort gut haben können, zumindest bis zu den Wirren des Ersten Weltkrieges. Aber das Schicksal hat es anders gewollt. Emilie, die Tochter, ist eine unstandesgemäße Verbindung eingegangen. Unstandesgemäß in den Augen der Chinesen.« Er lächelte. »Emilie hat die Familien- und Karriereplanung einer hochrangigen Beamtenfamilie durcheinandergebracht. Die Wartes mussten China verlassen, und Mao Tang, Emilies kirchlich angetrauter Ehemann«, Warte betonte es, »ist mit ihnen gegangen. Besser gesagt geflohen, der Liebe wegen. Hier in Deutschland war es dann umgekehrt. Die meisten Menschen wussten damals nicht einmal, dass es China gibt! Geschweige denn, dass sie einen Menschen aus diesem Teil der Welt zu Gesicht bekamen! Um Gerede und Anfeindungen aus dem Weg zu gehen, hat Klaus das Anwesen erworben. Zusammen mit Mao hat er dann die Fabrik aufgebaut. Mao hat unter Klaus' Namen die Fabrik geführt und sich um die Technik gekümmert. Und Klaus hat getan, was er am besten konnte: profitable Geschäfte damit gemacht. 1890 ist Mao an Lungenentzündung gestorben. Oder an einem Teil Einsamkeit. Er hat nie wieder etwas von seiner Familie gehört, obwohl er oft geschrieben hat. 1905 ist Klaus Warte im gesegneten Alter von 90 Jahren entschlafen. Emilie hat noch einmal geheiratet und zwei Töchter geboren. Ich selbst stamme aus dem halb-chinesischen Zweig der Familie.«

»Nichts, weswegen man sich schämen müsste«, meinte Hans.

»Heute mag das gelten. Aber manches ist hier, immer noch, sehr deutsch. Darum hat die Familie es in Vergessenheit geraten lassen. Dieses Geschäft wühlt die ganzen alten Erinnerungen auf! Ich weiß nicht, ob sie das verstehen. Es geht mir nicht um das Geld. Es geht mir um eine, nennen wir es einmal so, Familienzusammenführung, nach Generationen.« Warte nahm einen tiefen Schluck Kaffee, der in der Zwischenzeit kalt geworden war. »Jetzt sind sie dran, Herr van Rhin.«

Van Rhin räusperte sich. »Wenn etwas zu schön ist, um wahr zu sein, dann ist es meist nicht wahr. Das so zu sagen, würde die Sache unzulässig vereinfachen. Der Investor hat tatsächlich einen Businesscase. Was ich bisher verschwiegen habe: Er hat die Idee aus den Briefen von Mao. Sie sind angekommen, wurden aber niemals beantwortet. Wie Sie sicher schon erraten haben, ist der Familienname des Investors Tang, aus besagter Familie. Er hat einen wirtschaftlichen Auftrag erhalten. Und einen — beinahe — ideologischen. Zu zeigen, dass es schon seit Jahrhunderten private Beziehungen zwischen China und Deutschland gibt. Dass diese im familiären Bereich Warte wohl nicht freundschaftlich waren, wird der geschichtlichen Verbrämung zum Opfer fallen. Nicht aber der Fakt, dass es seit Jahrhunderten einen Austausch von Menschen und Ideen gibt. Mao Tang ist einer der ältesten dokumentierten Belege dafür.«

»Ich bin beeindruckt.« Hans sah hinüber zu Martin. »Und das füllt den kompletten Ordner?«

»Nein. Nein.« Martin verschränkte die Hände und rieb die Daumen aneinander. »Ich habe mit Lydia, Verzeihung, Frau Maurer, die im Archiv befindlichen relevanten Dokumente kopiert. Dabei sind einige Lücken zutage gekommen. Ich nehme an, gemeint ist damit das, was Herr Warte gesagt hat: Etwas in Vergessenheit geraten lassen. Nicht wahr?« Er sah Warte fragend an.

»Es sind in den 30er Jahren einige Dokumente ›abhanden-gekommen‹ und wurden durch politisch korrekte ersetzt.«

»Den Gedanken hat Lydia auch geäußert.«

»Ich kenne Lydia. Sie ist eine hochintelligente und ziel-strebige Frau. Ich habe sie vor einigen Jahren ziemlich hart ausgebremst.«

»Warum?«, wollte Hans wissen. »Selbst wenn wir hier von Urkundenfälschung reden, das ist doch alles mittlerweile verjährt, oder? Davon abgesehen: Es muss jemand auf der anderen Seite geholfen haben.«

»Sie können gut kombinieren, Herr Mayer.«

»Ich übe täglich mit einem Raben.«

»Bitte?«

»Kleiner Scherz am Rande. Fahren Sie bitte fort.«

»Lydias Großvater hat zusammen mit meinem Vater die arische Historie gerade gerückt. War ein feiner Mensch. Er ist vor 20 Jahren gestorben. Ich nehme an, er hat niemandem davon erzählt. Zumindest hat Lydia auf mich diesen Eindruck gemacht.«

»Könnten Sie sich vorstellen, Lydia etwas entgegenzu-kommen?«, fragte Martin nach. »Ich meine, Sie verlieren nichts dabei. Im Gegenteil. Sie würden helfen, die kaputte Geschichte wieder zu reparieren. Ich finde, Lydia hat ein Recht auf diese Information.«

Warte lachte leise »Geh zu Warte und frag den Chinesen. Etwa so?«

Martin nickte. »Davon hat Lydia mir erzählt. Ihr Urgroßvater muss im Ort einigen Eindruck hinterlassen haben. Obwohl mir immer noch nicht klar ist, warum.«

Warte überlegte, während die anderen sich schweigend mit Kaffee und Gebäck beschäftigten.

»Gut«, meinte er schließlich. »Ich will es versuchen. Sagen Sie Lydia, sie kann mich kontaktieren wegen eines Termins. Dann werden wir sehen, ob die Sache etwas bringt.«

»Ich bin überzeugt davon«, unterstützte Martin den Vorschlag. »Wenn wir zusammenkommen, dann würde ich mich als neutrale Stelle anbieten. Dieses Projekt ist ja sehr eng verzahnt mit dem Geschichtsthema.«

»Oh ja, das ist es in der Tat.«

»Ich lasse ihnen die Unterlagen da, wenn Sie wollen.«

»Das wird nicht nötig sein. Es wird eher so sein, dass ich noch einiges aus meinem Fundus zur Verfügung stellen werde.«

»Textilproben vielleicht?«

Warte sah Martin überrascht an. »Sie wollen es aber ganz genau wissen.«

Martin lächelte. »Ja. Natürlich. Wenn ich die nächsten Jahre mit diesem Projekt verbringen soll, dann will ich es genau wissen. Wenn es geht, vorher.«

»Einverstanden. Aber die Details bleiben unter uns, bis der Vertrag unterschrieben ist.« Er sah zu van Rhin. »Was meinen Sie?«

»Das wird kein Spaziergang. Zumindest die deutsche Seite können wir wahrscheinlich in der nächsten Woche fixieren, wenn die Herren es wollen. Das stärkt mir dann den Rücken für die weitere Verhandlung.«

»Sie meinen, es wird nicht so leicht sein, auszuloten, wie viel der Familienstolz den Tangs wert ist?«

»So kann man es sagen. Das Problem ist, die haben mir mit

Nachfolgegeschäft gedroht, wenn ich das hier in ihrem Sinne regele.« Van Rhin lächelte verschmitzt. »Aber Geld scheint hierbei der weniger wichtige Aspekt zu sein.«

»Wir werden sehen«, sagte Warte. »Wir werden sehen.«

* * *

Auf der Fahrt zum Hotel wandte sich Martin an Hans. »Und? Was ist jetzt mit Claudia?«

»Was soll mit ihr sein?«

»Herrgott!«

»Ja?«

Martin lachte. »Solche Witze sollte man eigentlich nicht machen, es sei denn, man will Ihn bald treffen.«

Hans schluckte. »Tschuldigung.«

»Ist schon in Ordnung. Du hast meine Frage noch nicht beantwortet.«

»Weil ich die Antwort noch nicht weiß.«

»Meine Schuld«, brummte Martin. »Das Problem ist, dass ich Idiot hier Privates und Geschäftliches miteinander verquickt habe. So was geht nie gut.«

»Bisher ist ja nichts passiert. Wie wäre es, wenn du die Dinge entquickst?«

Martin seufzte. »Gehen wir noch einen trinken?«

»Einverstanden. Aber nur einen.«

* * *

»Der Nierentisch ist wirklich ein Original«, erzählte Martin Hans, als er sich zu ihm gesetzt hatte.

»Die Sitzmöbel auch«, gab Hans zurück.

»Also gut.« Er winkte dem Kellner. »Zwei Bier, bitte.« Dann wandte er sich Hans zu. »Ich fange mit dem Geschäftlichen an.

Das ist einfacher. Als ich vor drei Jahren bei euch eingestiegen bin, gab es einen Auftrag aus Bielefeld.«

»Das gibt's doch gar nicht«, lästerte Hans.

»In der dortigen nicht-existenten Lokation ging es um die Optimierung von Produktionsprozessen im Textilbereich. Ich bin, wie du, recht gut darin, die Schrauben an den Maschinen zu polieren. Was die Maschinen machen, ist uns doch ehrlich gesagt oft egal, solange sie nachher wieder laufen. Oder?«

»Etwas übertrieben, aber für den Moment nehme ich das so hin.«

»Der Kunde wollte eine Einschätzung des Outputs haben. So ist Claudia ins Spiel gekommen. Es gehört zu ihrem beruflichen Umfeld, und sie ist darin wirklich sehr gut. Warum hätte ich in die Ferne schweifen sollen?«

»Ja. Warum nur?«

»Siehst du. Um es kurz zu machen: Wir haben uns im Projekt super ergänzt und verstanden. Solange wir die Themen ausgeklammert haben, in denen wir privat unterschiedlicher Auffassung sind.«

»Das geht?«

»Wenn du meine ehrliche Meinung hören willst: bei Frauen eher als bei Männern.« Er grinste. »Was ich mir dann habe privat anhören müssen, ist eine andere Geschichte. Aber die kennst du ja.«

»Ja. Kenne ich. Und das macht mich sehr misstrauisch.«

Martin nahm einen großen Schluck. »Unter uns. Wenn du ihr erzählst, was ich dir jetzt sage, dann muss sich einer von uns beiden einen neuen Job suchen.«

Hans trank ebenfalls einen großen Schluck. »Ich warte.«

»Privat ist Claudia die größte Zicke von Welt. Sie schafft es in dreißig Sekunden, dass du ihr den Hals umdrehen willst. Sie hat einen starken Gerechtigkeitssinn. Teilt nie mehr aus, als der andere, ihrer Meinung nach, verdient hat. Aber bei dir ist sie zu weit gegangen. Ich hatte dich im Verdacht, dass du sie verprügelt hast, so aufgelöst, wie sie war.«

»Hat auch nicht viel gefehlt.«

Martin nickte. »Fakt ist, sie ist der Meinung, dass sie Schulden bei dir hat. Unabhängig von der Entschuldigung. So klein mit Hut habe ich Claudia noch nie gesehen. Und ehrlich: Ich finde, es tut ihr ganz gut, mal mitzubekommen, wie es der anderen Seite bei so etwas geht.«

»So hat sie auf mich bei unserem letzten Treffen nicht gewirkt.«

»Kleiner geht nicht.«

Hans grinste. »Wenn du es sagst. Du kennst sie länger als ich.«

Martin seufzte belustigt. »Zurück zum Thema. Claudia ist richtig heiß auf dieses Projekt. Sie würde dafür dem Teufel ihre Seele verkaufen.«

»Ja und? Wo ist da das Problem?«

»Das Problem, aus ihrer Sicht, bist du. Solange ihr eure Beziehung nicht so weit geklärt habt, dass sie sich dir gegenüber nicht schuldig fühlt, wird sie nicht mitspielen. Ich hätte euch gern beide drin, aber die Entscheidung liegt bei dir.«

»Ich weiß im Moment nicht einmal, ob ich selbst einsteigen will.«

Martin sah Hans irritiert an. »Das verstehe ich jetzt nicht. Du hast dich in den letzten Tagen nicht zurückgelehnt. Mein Eindruck war, dass diese Dinge dich sogar faszinieren.«

»Ja, schon«, wich Hans aus.

»Was willst du denn noch, verdammt!«

Hans zuckte zurück. »Ich habe auch noch ein paar Schulden zu bezahlen.«

»Der Rabe?«

»Nicht nur.«

Martin trommelte mit den Fingern auf die Tischplatte.

»Versteh ich gerade zwar nicht, aber ich kann den Leuten nur bis vor den Kopf schauen. Trotzdem. Ich muss ans Geschäft denken. Wie lange brauchst du, bis ich von dir etwas Verbindliches zu hören bekomme? Time is Money, as you know.«

Hans lehnte sich zurück und überlegte eine Weile. Schließlich leerte er sein Glas. »Du bist nächste Woche in Hamburg?«

»Ja. Pass auf. Mir liegt an deiner Mitarbeit. Mehr als an der von Claudia, wenn ich mich entscheiden müsste. Wir treffen uns nächsten Mittwoch bei mir. Ich lade dich ein. Dann besprechen wir die Ergebnisse und du entscheidest dich, wofür auch immer.«

»Meinetwegen. Ich werde über alles nachdenken. Martin?«

»Ja?«

»Davor müssen wir noch die anderen leidigen Dinge durchgehen. Ich kann die unbewältigte Vergangenheit eines Martin Schleicher nicht brauchen. Und wenn du ehrlich zu dir selbst bist: du auch nicht.«

Intermezzo

Am späten Freitagnachmittag traf Hans bei Werner auf der Insel ein, wo er herzlich begrüßt wurde.

»Und, wie geht es unserem Flugschüler?«, fragte er Munin, setzte sie auf seiner Schulter und strich ihr sanft über das Gefieder.

»So richtig los will sie immer noch nicht. Aber sie bleibt nachts draußen. Seit ein paar Tagen friert es nicht mehr. Ob das so bleibt, kann ich nicht sagen. Im Frühjahr ist das Wetter recht launisch. So ähnlich wie die Frauen.«

Hans lächelte. »Eigentlich wollte ich Munin nicht auf Dauer als lebendigen Drachen hinter mir herziehen.«

»Ich glaube, das musst du nicht mehr. Munin ist einfach nur unwillig, wenn du mich fragst. Flattert ein paar Meter und lässt sich dann von Flora zurücktragen. Das machen beide mit wachsender Begeisterung, habe ich den Eindruck. Für Flora ist das auch interessanter als Stöckchen holen. Die Wege sind über die Woche immer länger geworden.«

»Na gut. Dann gönne ich ihr morgen halt den Spaß. Zum Glück ist noch keine Saison, sonst könnte ich mich vor selbst ernannten Tierschützern wohl kaum retten.«

Werner lachte. »Da sagst du was. Hier auf der Insel sprechen sich Leute mit seltsamen Gästen schnell rum. Ich hatte da gestern interessanten Besuch. Eine junge Dame, etwa dreißig schätze ich. Gab sich recht selbstbewusst. Sah gut aus. Claudia Schleicher. Sagt dir das was?«

»Ja, tut es«, gestand Hans missmutig.

»Das hört sich aber nicht begeistert an.«

»Werner, ich weiß nicht, was ich mit der anfangen soll.«

»Ehrlich?« Werners Augen blitzten kurz auf. »Da hab ich dich anders eingeschätzt.«

Hans lachte traurig. »Mein Herz ist bei meiner Frau. Und die ist, wie du weißt, in alle Winde zerstreut worden.«

Werner nickte langsam. »Das kann ich verstehen. Ich habe das auch durchgemacht. Aber lebendig begraben zu sein ist keine Lösung, die trägt. Du wirst dich entscheiden müssen.«

»Ja.«

»Hans, wenn du Optionen hast, dann solltest du sie nicht beiseiteschieben, sondern bewerten.«

»Ich weiß. Aber diese Claudia hat es wirklich selten dämlich angestellt, egal was sie von mir will.«

Werner räusperte sich. »Es ist eure Sache. Sie bat mich, dir auszurichten, dass du dich mit ihr in Verbindung setzen kannst, wenn du willst. Du wüsstest, wo sie zu finden wäre. Und dass sie sich nicht aufdrängen wolle. Ach ja, wir mussten Munin überreden, von ihrer Schulter runterzukommen.«

Hans fühlte einen leichten Stich der Eifersucht. »Munin hat nicht versucht, sie zu vertreiben?«

»Nein.«

»Du hättest letzte Woche am Strand dabei sein sollen, als Munin auf sie losgegangen ist. Das war filmreif!«

»Kraah!«

»Da hat sich wohl etwas geändert in der Zeit. Wie ist es dir denn die Woche ergangen?«

Hans entspannte sich. »Super! Ich habe in den letzten Jahren selten so etwas Interessantes zu sehen bekommen!« Er atmete tief ein. »Entscheidungen. Entscheidungen! Du hast es schon richtig erfasst. Ich hoffe, am Wochenende etwas zur Ruhe zu kommen.«

Munin zupfte ihn am Ohr.

»Aua! Ja, gut! Ich kümmere mich ja schon.«

»Sehen wir uns heute Abend auf ein Bier?«

»Ja, gerne. Ich laufe mit Munin noch ein wenig am Strand. Sagen wir um acht?«

* * *

Hans richtete sich in der Wohnung ein, zog seine Sportsachen an und trabte dann zum Strand, wo er eine Stunde lang gemächlich lief. Die Blicke der anderen Urlauber ignorierte er. Munin flog gelegentlich auf, um dann in einem Kreis wieder zurückzugleiten und es sich auf Hans Schultern bequem zu machen. Auf dem Rückweg kam er am Dünenkrug vorbei und warf durch die Fenster einen kurzen Blick in den Schankraum. ›Jetzt nicht!‹ Aber ihm war klar, dass Claudia eine Reaktion erwartete. Selbst auf geschäftlicher Ebene wäre es unhöflich gewesen, sie zu ignorieren. Er musste sich nur noch entscheiden, welcher Art seine Antwort sein würde.

* * *

Am Morgen weckte die aufgehende Sonne. Nach einem kurzen Frühstück packte er die Drachenausrüstung ein und suchte sich mit Munin ein abgelegenes Stück Strand. Der Wind war deutlich schwächer, und nachdem er einige Male gelaufen war, um den ›Passagier‹ auf Höhe zu bekommen hatte Hans keine rechte Lust mehr dazu. Für Kunststücke war der Wind nicht stark genug. Munin war unzufrieden, wenn Hans die Laute richtig interpretierte, die sie von sich gab. Da die Sonne recht warm schien, machten sie es sich in der Strandmuschel bequem und sahen den Vögeln und Spaziergängern zu.

Hans sinnierte: Endgültig aussteigen? Mitmachen? Claudia im Team? Wenn er die Situation richtig beurteilte, würde Martin in diesem Projekt zuerst einmal in Deutschland bleiben, um Lydia bei ihren Interviews mit Warte zu unterstützen. Er lächelte. Es war nicht zu übersehen gewesen, dass Martin mehr als berufliches Interesse an Lydia zeigte. Somit würde er nach China gehen müssen. Abstand gewinnen. Hans hatte nur die Erinnerung an seine Frau behalten. Und ein paar Fotos. Er hatte Angst davor, dass diese Erinnerung verblasste, bevor er sich auf den Weg zu ihr gemacht hatte. Was hätte sie getan? Was hätte sie gewollt? Was hätte er ihr gesagt, wenn es anders herum gewesen wäre? Hans stellte fest, dass er sich mit diesen Fragen bisher kaum auseinandergesetzt hatte. Sein Weg war ihm so klar erschienen, dass er keine Zweifel daran zugelassen hatte. Aber jetzt? Sterben würde er sowieso irgendwann. War es verkehrt, den Zeitpunkt erst einmal zu verschieben? Immerhin konnte ihm niemand diese letzte Option nehmen. Gab es einen für ihn vernünftigen Grund, sie jetzt zu ziehen? Sobald er den Raben los war? Wenn er Claudia grundlos geschäftlich ablehnte, hatte er wieder Schulden bei jemandem. Sie abzulehnen und sich aus dem Staub zu machen würde ebenfalls unfair sein. Unter diesem Aspekt betrachtet würde sie auf jeden Fall im Projekt dabei sein müssen, egal wie er sich entschied. »Gut! Haken dran!«

»Kraah!« Es klang zustimmend.

»Ach! Wer hat dich denn gefragt?«

»Kraah!«

Hans stand auf. »Weißt du was? Ich bringe dich jetzt zu Werner, da kannst du Flora Gassi führen. Und ich kümmere mich um meinen Kram. Was meinst du?«

Munin lief um die Strandmuschel, um die Heringe herauszuziehen.

Hans schüttelte den Kopf. »Für einen Raben verstehst du ganz schön viel von Menschen.« Er lachte. »Wärst du eine Taube, dann würde ich dich mit einem Brief am Bein zu Claudia schicken. Alles muss man selber machen!«

Munin legte den Kopf schief und sah ihn mit einem Blick an, in dem so viel Ironie steckte, dass Hans rot wurde. Dann lachte sie wieder. Dieses Mal empfand Hans das Lachen als befreiend.

* * *

Am Dünenkrug angekommen ging Hans zur Rezeption. Karl unterhielt sich mit der Empfangsdame, sah ihn und setzte die Unterhaltung fort. Hans wartete. Nach einer Minute setzte Hans sich in einen der Sessel im Foyer. Schließlich zuckte Karl mit den Schultern und die Empfangsdame nahm ihn offiziell zur Kenntnis.

»Kann ich etwas für Sie tun?«

Hans stand auf und näherte sich dem Tresen, blickte kurz zu Karl und widmete sich dann der Empfangsdame. »Ja, das können Sie in der Tat. Claudia Schleicher hat mich gebeten, ihr eine Nachricht zu hinterlassen. Ich denke, es ist so persönlicher, als wenn ich eine SMS schicken würde, nicht wahr?«

»Ja, natürlich.«

»Können Sie bitte ausrichten, dass ich ihr Angebot annehme, und mich sehr gern persönlich mit ihr treffen würde, um über die Details zu reden? Wenn es recht ist, gerne im Lokal.«

»Geht doch«, murmelte Karl und entspannte sich deutlich.

Hans nickte unmerklich, Einverständnis bekundend und drehte sich zu ihm. »Karl, was denken Sie, was eine genehme Zeit wäre?«

Karl sah Hans überrascht an.

Hans lächelte entwaffnend. »Jetzt haben wir beide uns weit aus dem Fenster gelehnt. Geben Sie mir eine Chance, bitte.«

»Halb neun? Ich werde Ihre Nachricht überbringen und alles vorbereiten. Haben Sie noch einen Wunsch?«

»Ja. Einen kleinen Blumenstrauß vielleicht? Etwas, was sie mag. Aber keine Rosen, darauf bestehe ich.«

Karl lächelte kurz. »Einverstanden, wird erledigt.«

»Danke. Es muss sehr schön für Claudia sein, Freunde wie Sie zu haben.«

»Wir tun unser Bestes.«

* * *

Für den Abend hatte sich Hans in einen sportlich eleganten Anzug geworfen. Als er aufstand, um Claudia zu begrüßen, konnte er nicht umhin zu sagen: »Was auch immer ich mir aussuche, beim Thema Outfit bleibe ich zweiter Sieger.«

Claudia lächelte ihn unsicher an. »Danke. Sehr nett von dir.«

Hans erwiderte das Lächeln. »Ich habe mir vorgenommen, heute keine Tiefschläge zu verteilen. Solange ich nicht dazu gezwungen werde«, schränkte er ein.

»Einverstanden.«

Nachdem sie sich gesetzt und bestellt hatten, kam Hans zur Sache.

»Hat Martin dir von unserer Bestandsaufnahme erzählt?«

Sie schüttelte den Kopf. »Nein. Der ist verschlossen wie eine Auster. Ich nehme an, es hat mit dir und mir zu tun.«

»Ja. Hat es. Ich habe mir die Situation ausführlich durch den Kopf gehen lassen.«

»Und?«

Hans konnte ihre Spannung erkennen. Sie mochte ja fachlich die am besten geeignete Person sein. Aber beim Pokern würde sie verlieren. Oder sie war so abgebrüht, dass sie seine Erwartungen steuerte. ›Das wird bestimmt spannend, es herauszufinden‹, dachte er bei sich. ›Und selbst wenn! Es ist meine Entscheidung gewesen‹. »Martin hat mich überzeugt, dass wir jemanden wie dich im Team brauchen werden. Ich habe mich überzeugt, dass ich, wenn ich schon den ersten Schritt auf dich zu gegangen bin, nicht einfach umdrehen kann. Das wäre unfair und unprofessionell.«

Claudia war die Erleichterung anzusehen. »Danke, das ist toll! Ich kann es kaum erwarten!«

Trotz der Begeisterung hatte Hans den Eindruck, dass sie etwas mehr erwartet hatte. Er brachte das Gespräch auf die Ergebnisse. »Da Martin nichts gesagt hat, kann ich ja einen kurzen Überblick geben.«

»Gerne.«

»In besagte Fabrik stehen fünfzehn Maschinen. Für mich sieht es wie ein Querschnitt aus fünfzig Jahren Textilmaschinentechnik des ausgehenden neunzehnten Jahrhunderts aus. So etwas habe ich noch nie gesehen. Im nächsten Schritt werden wir die Designs mit anderen historischen Informationen vergleichen. Mein Eindruck ist, dass es sich nicht um Serienmodelle handelt. Wie wir das ohne Probleme exportiert bekommen, wird eine interessante Frage sein.«

»Gab es Stoffmuster?«

»Ja. Der Besitzer hat uns einiges gezeigt, allerdings durften wir nur Fotos machen.«

»Das muss reichen für den Anfang. Ob ich beim nächsten Mal mitkommen darf?«

Hans zuckte mit den Schultern. »Das hängt davon ab, ob Martin sich mit van Rhin einigen kann.«

»Was schätzt du?«

»Ich glaube, wir sind auf einem guten Weg. Martin hat

mich für Mittwoch zu sich eingeladen. Dann werden wir ja sehen, wie weit wir sind.«

* * *

Nach dem Essen bat Claudia Hans, mit ihr am Strand spazieren zu gehen. Hans war überrascht, hatte aber keinen guten Grund, um abzulehnen.

Am Strand kam Claudia zu dem, was sie auf dem Herzen hatte. »Ich wollte es nicht im Lokal besprechen. Karl ist zwar ein sehr guter Freund, trotzdem muss er nicht alles wissen.«

»Das wäre?«

»Verschiedene Dinge. Können wir offen reden?«

»Solange wir sachlich bleiben, ja.«

»Gut. Nach deiner sehr abwehrenden Reaktion bei unserem letzten Treffen war ich überrascht, dass du mich nun so vorbehaltlos akzeptierst. Warum? Was hat deine Meinung geändert?«

Sie gingen eine Weile nebeneinander, ohne etwas zu sagen.

»Weil es irrelevant für mich ist«, behauptete Hans schließlich.

»Irrelevant?« Das ›ich‹ konnte sie gerade noch verschlucken. »Das verstehe ich nicht.« Es klang verletzt.

»Es ist doch so. Dieses Projekt braucht jemanden mit deinen Fähigkeiten. Martin ist überzeugt davon, dass du, beruflich gesehen, die beste Besetzung bist. Welchen Grund könnte ich ernsthaft dagegen vorbringen? Dass wir uns verkracht haben, ohne uns zu kennen? Dass ich deine Entschuldigung angenommen habe, ohne es ernst zu meinen?«

»Wenn du es so siehst. Aber das ist nicht alles, nicht wahr?«

»Nein. Ist es nicht. Ich will einfach keine Schulden bei anderen Leuten haben. Nicht einmal bei Tieren.«

»Dann kommen wir zu deinem Raben.«

»Was soll mit Munin sein?«

»Munin? Ich dachte, der heißt Bello!«

»Bello? What the …« Hans fing an zu lachen. Es dauerte eine Weile, bis er sich wieder unter Kontrolle hatte. »Bello!«, ächzte er. »Ich fasse es nicht!«

»Was soll daran denn so saukomisch sein?«, fragte Claudia gereizt.

»Tschuldigung«, keuchte Hans. »Aber der Witz ist so alt, dass der schon vor deiner Geburt aus der Mode gekommen ist.«

»Versteh ich nicht «

»Also gut. Bello ist so etwas wie ein generischer Hundename. Hunde, deren Namen man nicht kennt, werden oft Bello gerufen. Munin ist nachweislich kein Hund. Auch, wenn sie bellen kann.« Er kicherte.

»Muss ich jetzt beleidigt sein?«

»Nein. Mein Fehler. Ich dachte, dass jeder die Pointe kennt.«

»Da bin ich ja beruhigt. Können wir dann bitte wieder zur Sache kommen?«

»Welche Sache?«

»Munin. Das mit dem Vogel, der dir beim Fahren in die Autoscheibe geflogen ist, ist so was von unglaubwürdig. Das Tier hätte Verletzungen haben MÜSSEN. Wenn es denn überhaupt überlebt hätte.« Sie blieb stehen und drehte sich zu ihm. »Nachdem ich dich ein wenig kenne, glaube ich nicht, dass du den Raben gefangen hast.«

»Habe ich auch nicht.«

»Also?«

»Also was?«

»Ich gehe nicht weg, bevor du mir nicht gesagt hast, wie du an Munin gekommen bist!«

»Willst du vielleicht auch noch mit dem Fuß aufstampfen und dich schreiend zu Boden werfen?«

»Wenn es dir dabei hilft, mir zu antworten, dann auch das!«

Hans drehte sich um und sah auf das Meer hinaus. Der Wind blies ihm kalt ins Gesicht, er fröstelte trotz der Winterkleidung. Es erinnerte ihn an den Turm. Schließlich drehte er sich zu ihr.

»Wahrscheinlich glaubst du mir die Wahrheit genauso wenig. Was soll's! Der blöde Vogel ist in mich hineingeflogen. Nicht in mein Auto, in mich.«

Claudia schlug mit den Händen an die Jacke. »Brrr, ist das kalt! Du meinst, du bist im Park spazieren gegangen, und da ist der Rabe, einfach so, vom Himmel gefallen?«

»Nein. Munin ist in mich hineingeflogen, als ich den Abflug machen wollte. Wörtlich. Nicht weit, aber dafür ganz schön tief. Ein Moment später hätte nichts mehr mich aufgehalten. Dummer Zufall. Ich wollte den verstörten Vogel nicht auf dem Turm lassen. Schließlich war ich, irgendwie, schuld daran.«

Claudia legte die Arme fest an sich und drehte Hans den Rücken zu. Ihre Schultern zuckten. »Scheiße! Ich hab's geahnt! Ich wollte es nur nicht wahrhaben, verdammt!«

»Claudia?«

Keine Antwort.

»Claudia?« Hans berührte sie sanft an der Schulter.

»Du bist so ein Idiot!«, schnappte sie.

»Ich habe niemanden gebeten, sich in meine Angelegenheiten zu mischen«, stellte Hans fest. Es klang nicht so überzeugt wie gewünscht.

Claudia drehte sich zu ihm, Tränen auf den Wangen. »Du solltest mal darüber nachdenken, wo du heute wärst, wenn das stimmen würde!«

»Meinst du?«

»Du bist zu intelligent, um nicht von alleine darauf zu kommen!«

Hans räusperte sich. »Und jetzt?«

Claudia kramte nach einem Taschentuch. »Was ›und jetzt‹?« Sie schniefte und wischte sich das Gesicht ab. »Das liegt doch wohl an dir.«

»Ich bringe dich zurück.«

»Nicht nötig. Ich kenne den Weg.«

Hans legte ihr den Arm um die Schultern. Claudia wollte ihn abschütteln, aber Hans ließ es nicht zu. »Bitte nicht falsch verstehen. Ich bringe dich zurück, damit deine Freunde im Hotel sehen, dass ich dir nichts angetan habe. Reiner Selbstschutz.«

»Ich denke, du willst diese Welt verlassen?«, ätzte Claudia.

»Kannst du mir versprechen, dass deine Freunde es so ernst meinen wie du?«

»Da müsste mehr passieren.«

»Da bin ich jetzt aber echt beruhigt.«

Sie gingen den Weg schweigend zurück. Irgendwann legte Claudia ihren Arm um Hans. Es fühlte sich besser an, als er zulassen wollte.

Im Foyer blieben sie voreinander stehen.

Claudia wandte sich zum Gehen. Sie drehte sich zu Hans zurück. »Danke für deine Aufrichtigkeit.«

»Keine Ursache. Gerne wieder.«

»Ich komme darauf zurück. Verlass dich drauf.«

Worlds Collide

Der Wochenanfang holte Hans sehr ein und er war froh, dass Werner sich weiterhin bereit erklärt hatte, Munin zu versorgen. Martin war nach Hamburg gefahren, um das Geschäft abzuschließen, und hatte ihm den Zugriff auf seine Projektdateien freigegeben.

Dass es sich hierbei nicht um einen Vertrauensbeweis, sondern eine Menge Arbeit handelte, merkte er schon kurz nach neun, als er einen Anruf eines Kunden erhielt, der nachfragte, ob sie nun umsonst arbeiten würden. Hans verneinte lachend und bedankte sich für die Erinnerung. Das Zusammenfassen der erbrachten Leistungen kostete ihn einen halben Tag. Wenigstens war Martin ein Freund der papierlosen Datenverarbeitung. ›Sonst gäbe es einen Grund mehr, sich vor den Zug zu legen‹, dachte Hans zynisch.

Der Rest des Tages brachte ihm die Erkenntnis, dass Martin mit seinem Papierkrieg mindestens ein halbes Jahr im Rückstand war. Und dass er, Hans, allein mindestens einen weiteren Monat benötigen würde, um auch nur die wichtigsten Dinge zu erledigen. Er wandte sich an seine Kollegen.

»Dass es so schlimm ist, habe ich nicht gedacht«, sagte Oscar und kratzte sich am Kopf. »Der Martin schafft für zwei, das wissen wir alle.«

»Ja! Ich auch!«, fuhr Hans auf. »Das nützt uns aber genau gar nichts, wenn wir uns dafür nicht auch bezahlen lassen!

Wir werden eine der wenigen Firmen sein, die dichtmacht, weil wir kein Geld von den Kunden wollen für die Arbeit. Was für ein Mist! Hat einer von euch eine gute Idee?« Er sah sich fragend um.

»Na ja«, warf Dirk ein. »Eigentlich ist es ja dein Job, ihm da auf die Sprünge zu helfen.«

Hans seufzte. »Ja. Ist es. Das werde ich auch umgehend tun. Ich treffe Martin am Mittwoch, um den neuen, großen Auftrag zu besprechen. Ihr könnt davon ausgehen, dass ich zuerst ein anderes Thema auflegen werde.« Er sah sich Hilfe suchend um. »Wie halten wir bis dahin den Laden über Wasser?«

Oscar stellte die Frage eigentlich nur noch der Form halber. »Was brauchst du?«

»Wie viel Zeit könnt ihr heute und morgen erübrigen? Ich bereite den Schrott auf, fasse zusammen. Ich kenne Martins Stil ja mittlerweile. Ihr macht dann den Routinekram. Martin muss klar Schiff machen, sonst geht der neue Auftrag baden.«

Oscar und Dirk sahen sich an.

Dirk nickte. »Ist ja auch unser Arsch, den wir retten. Ich denke, vier Stunden heute und sechs morgen sind drin. Da muss ich halt was liegen lassen.«

Oscar stimmte zu. »Ja. Könnte klappen. Ich werde Martin beim nächsten Gehaltsgespräch daran erinnern«, grinste er.

Hans atmete erleichtert auf. »Danke. Ich glaube, damit verschaffen wir uns erst einmal Luft. Ich hätte mir auch lieber die Fotos angesehen, die wir letzte Woche gemacht haben.«

»Wie war es denn da?«, fragte Dirk neugierig.

»Sehr, sehr interessant. Wenn der Auftrag kommt, dann werdet ihr euch vergrößern müssen.«

»Und was ist mit dir?«, wollte Oscar wissen.

Hans zögerte. »Ich habe mich noch nicht entschieden.«

»Wegen Claudia?«

»Wie kommst du denn darauf?«

»Nur so. Wir kennen sie schließlich auch. Sieht süß aus und macht in ihrem Bereich einen tollen Job. Aber die hat ja so was von Haaren auf den Zähnen!« Dirk lachte, Oscar und Hans fielen mit ein.

»Kein Kommentar«, gab Hans etwas verlegen zur Antwort.

»Ist ja deine Beerdigung«, flachste Oscar.

»Genau. Also. Wollen wir?«

»Gib uns eine halbe Stunde, dann geht's los.«

* * *

Am Mittwoch fasste Hans seine bisherige Arbeit als Unterstützer von Martin präsentationsgerecht zusammen und versuchte bis zum Mittag, die Unterlagen und Fotos der letzten Woche in einen logischen Zusammenhang zu bringen. Gegen 15 Uhr machte er sich auf den Weg.

* * *

Martin wohnte in einem großen Haus mit Reetdach, an das sich ein schönes und gepflegtes Grundstück anschloss.

»Meine Wochenendbeschäftigung«, gab er zu. »Wenn man die ganze Zeit im Büro oder anderen Räumen hockt, ist das ein sehr guter Ausgleich.«

Er bat Hans hinein. Vom Arbeitszimmer hatten sie einen guten Blick in den Garten. Der Raum war hell, mit weißen Wänden, an denen Fotos der Orte hingen, an denen Martin schon gearbeitet hatte. Gemütliche Holzmöbel rundeten das Bild ab. Hans legte seine Unterlagen und den Laptop auf die Arbeitsplatte. Sie setzten sich.

»Was macht dein Rabe?«

»Fortschritte. Manchmal fliegt sie schon ein Stück.«

»Claudia ist auf dem Weg. Sie hat mir berichtet, dass ihr

eine Vereinbarung bezüglich der Zusammenarbeit getroffen habt. So du dich entscheidest, im Projekt mitzuarbeiten.« Er lächelte gewinnend. »Ich würde mich freuen, wenn du mit dabei bist. Mit deiner Erfahrung bist du prädestiniert, als Vorauskommando nach China zu gehen und die Sache in Gang zu bringen.«

Hans grinste. »Lydia?«

Martin wurde rot. »Wer weiß? Zumindest schien sie nicht abgeneigt, dass wir uns privat treffen.«

Hans schaltete seinen Laptop ein und reichte Martin einen USB-Stick. »So. Hier sind alle Daten drauf, die von mir letzte Woche erfasst wurden. Sortiert und so weit ich gekommen bin, kurz kommentiert.« Er lehnte sich zurück. »Zuerst müssen wir über das andere Thema reden. Das, weswegen mich Helmut hierhin geschickt hat.«

»Hat das nicht noch Zeit?«

»Nein. Hat es nicht. Ich habe mir die letzten Tage zusammen mit Oscar und Dirk um die Ohren geschlagen, um hinter dir herzuräumen. Wenn Helmut den nächsten Monatsabschluss sieht, dann werden ihm die Augen aus dem Kopf fallen. Er wird mit Recht fragen, was das soll. Wir können nicht den Umsatz eines halben Jahres in einem Monat verbuchen mit der Begründung, dass es keine Zeit dafür gab!«

Martin wollte abwiegeln. »Bisher hat das auch immer meine Assistentin gemacht.«

»Wie viele hast du im letzten Jahr verschlissen?«

»Drei oder vier glaube ich. Der Job ist halt so hart.«

»Um das aufzuarbeiten, wofür du eine Stunde brauchtest, wenn du dir nur die Zeit nehmen würdest, braucht eine Assistenz einen Tag! Die hat nämlich nicht dein technisches Know-how und muss sich alles zusammenreimen. Das ist Verschwendung von Arbeitskraft. Und von Gewinn. Du musst doch deswegen nicht gleich ein Buchhalter werden.«

»Eben!«

»Eben nicht! Dieses Projekt, wenn es kommt, wird zu einer Vergrößerung deines Standortes führen. Wir würden in den nächsten beiden Jahren beinahe zu hundert Prozent für den Chinesen arbeiten und müssten neues Personal aufbauen, das unsere Bestandskunden betreut. Wir sind dann aber immer noch zu klein, um uns einen etatmäßigen Geschäftsleiter leisten zu können. Abgesehen davon glaube ich nicht, dass du auf den Posten verzichten willst.«

»Natürlich nicht!«

»Aber das Projekt willst du ebenfalls Vollzeit machen. Vielmehr: Du musst, weil der Kunde es will.«

»Genau.«

»Dann erklär mir bitte, wie du das hinbekommen willst solange du deinen Angestellten nicht gibst, was sie brauchen um dich zu entlasten.«

»Ich sehe das Problem nicht. Es hat doch bisher immer funktioniert!«

Hans schlug mit der flachen Hand auf den Tisch. »Hat es nicht! Wenn ich nicht auf Anweisung Helmuts in den letzten Wochen deinen Job mitgemacht hätte, dann wären wir in einem Quartal insolvent! Hast du überhaupt einen Überblick darüber, wie viel Geld und Material in deiner Geschäftsstelle bewegt wird?«

Auch Martin wurde jetzt lauter. »Das ist doch wohl meine Sache!«

Hans versuchte, einzulenken. »Das Ganze ist halb so wild. Wenn wir uns zusammensetzen, dann lachst du in zwei Wochen darüber. Auf lange Sicht verschafft es dir sogar mehr Zeit. Denk an das Projekt. Wenn du so weitermachst, dann werden wir riesige Probleme bekommen.«

»Das sehe ich anders. Wenn du damit nicht klarkommst, dann ist es wohl dein Problem.«

Hans klappte seinen Laptop zusammen. »Ok. Ich habe es versucht. Wie es aussieht, kann ich mich bei dir nicht verständlich machen, oder du bist komplett beratungsresistent! Was soll ich Helmut nächste Woche sagen?«

»Wie? Was hat Helmut damit zu tun?«

»Abgesehen davon, dass ihm die Firma gehört, eigentlich nichts.«

»Willst du mich erpressen?«

»Nein! Ich will wissen, was ich ihm antworten soll, wenn er mich fragt, wie ich vorangekommen bin. Was soll ich ihm mitteilen?«

»Du willst mich also doch erpressen!«

Hans stand auf und packte seinen Laptop ein. »Mach's gut! Wir werden uns wohl nicht mehr sehen.«

»Komm wieder, wenn du nüchtern bist!«, ranzte Martin ihn an.

Hans drehte sich um und verließ den Arbeitsraum.

Als er im Hausflur seine Jacke anzog, ging die Tür auf.

Claudia trat ein. »Hallo Hans.« Sie sah ihn überrascht an. »Wieso gehst du? Ich dachte, wir wollten uns zum Projekt zusammensetzen?«

»Das hat sich gerade für mich erledigt. Tut mir leid. Diesmal liegt es wohl an mir und meiner Inflexibilität, Dinge richtig machen zu wollen.«

Claudia biss sich auf die Lippen. »Ich hatte mir den heutigen Tag eigentlich anders vorgestellt.«

»Ich auch. Sag deinem Bruder, dass ich für den Rest der Woche freinehme. Und dann zurückfahre.« Er nickte kurz. »Ja. Wird wohl das Beste sein«, flüsterte er.

»Hans. Können wir …«

Die Haustür fiel ins Schloss. Hans war weg.

* * *

»Super! Lässt man zwei Kerle allein im Haus, ist einer davon zu viel!«

»Jetzt hack du nicht auch noch auf mir rum!«

»Weißt du was?« Claudia grinste ihn unverschämt an. »Ich bin wirklich froh, deine Schwester zu sein!«

»Und warum?«

»Weil du mich nicht einfach rauswerfen kannst und dann los bist! Wie deine diversen bemitleidenswerten Assistentinnen! Jede von denen wäre gut genug gewesen!«

»Für was?«

»Für den Job, aus dem du sie rausgemobbt hast!«

»Nun mach mal einen Punkt!«

Claudia knallte ihre Tasche auf den Tisch. »Punkt!« Sie setzte sich und starrte Martin an. »Wollen wir dann?«, fragte sie in ruhigem Ton.

Martin war verdattert. »Da komm ich jetzt nicht hinterher.«

Claudia grinste freudlos. »Das nehme ich dir unbesehen ab. Frauen sind bekannt für ihre plötzlichen Stimmungsschwankungen. Fang bloß nichts mit Frauen an, lieber Bruder. Zeigst du mir jetzt das dämliche Projekt oder lässt du es?«

Martin beruhigte sich. »Ja, gut, von mir aus.«

Claudia drehte die Handflächen nach oben und zuckte mit den Schultern. »What? Willst du mir alles vorlesen und aufmalen?«

Martin knirschte mit den Zähnen und baute den Beamer auf, der unter seinem Stuhl bereitstand. »Recht so?«

»Für den Anfang. Ich hoffe, du hast nicht zu viel versprochen. Sonst fehlt dir gleich ein weiteres Teammitglied.«

Martin schüttelte seinen Ärger ab und fiel in die Rolle des Präsentators. Er gab Claudia einen Überblick über das, was sie in der letzten Woche über die Fabrik in Erfahrung gebracht hatten. Auch über die familiären Dinge der Wartes. Lydia ließ er aus.

Nachdem sie Hans' Präsentation durchgesehen hatten, leuchteten Claudias Augen. »Das wird eine ganz große Sache! Die Stoffproben haben eine Qualität, die heutzutage kaum noch gefertigt wird!«

»Freut mich«, grummelte Martin. »Wenigstens ein Lichtblick heute.«

»Weswegen habt ihr euch eigentlich in die Haare bekommen? Ich dachte, ihr wärt ein Herz und eine Seele.«

Martin zögerte. »Eigentlich schon. Das hat nichts mit dem Projekt zu tun.«

»Glaub ich nicht. Nimm bitte endlich zur Kenntnis, dass ich auch vom Fach bin!«

»Na gut«, gab Martin zu. »Hans hat gemeint, dass wir den Auftrag nicht gestemmt bekommen, wenn ich meine Arbeitsweise nicht ändere. Der hat gut reden! Was meint der denn, wie ich es bis hierhin geschafft habe?«

»Über die Leichen deiner Assistenzen. Ich erwähnte es bereits.«

»Das sehe ich anders!«, brauste Martin auf.

Claudia zog eine Grimasse. »Das Thema hatten wir einmal zu oft. Zeigst du mir bitte noch die anderen Fotos?«

»Wieso?«

»Weil ich wissen will, womit ihr euch dort die langen Abende vertrieben habt. So!«

Martin lachte. »Das würdest du sowieso nicht glauben. Also gut. Hans hat, während ich im Archiv der Stadt war, sämtliche Maschinen aufgeschraubt, wo es ging, und die Abdeckungen und Innereien fotografiert. Ich habe die Bilder auch noch nicht gesehen.«

»Jetzt zeig schon!«

Martin öffnete das Dateiverzeichnis und spielte die Bilder

als Diashow ab, alle 10 Sekunden ein neues Bild. »Wow! Das sieht aus wie neu! Die Dinger sind wirklich gut eingemottet worden.«

»Halt! Warte einmal!«

Martin hielt das Programm an. »Was ist?«

»Kannst du bitte ein oder zwei Fotos zurückgehen? Mir ist da etwas aufgefallen, glaube ich.«

»Klar. Moment.« Er klickte die Bilder zurück.

»Da! Siehst du es nicht?«

»Nein. Die Oberfläche der Abdeckung scheint angeraut zu sein. Die hat Hans auch aus einem denkbar schlechten Winkel fotografiert. Moiré-Effekt?«

Claudia sah intensiv auf die Projektionsfläche. »Sieht nicht danach aus. Martin, das ist so zu klein. Kannst du es vergrößern und eventuell etwas nachbearbeiten?«

»Das wäre eher dein Job, oder?«

»Ja, gerne. Hast du was Passendes installiert?«

Martin grinste. »Klar doch. Was glaubst du, warum ich deine EDV Probleme so schnell gelöst bekomme?«

»Weil du heimlich übst?«

»Jetzt hätte ich fast Miststück gesagt.«

Claudia lachte auf. »Ach! Tatsächlich!«

»Einen Moment.« Martin startete das Programm, lud das Foto und schob Claudia den Laptop hinüber.

Claudia beschäftigte sich eine Weile damit. Schließlich rief sie »Das darf doch nicht wahr sein!«

Martin stellte sich hinter sie und sah ihr über die Schulter. »Das sieht sehr exakt aus. Mit Sicherheit kein Rost. Seltsame Muster. Was machen die innen auf einer Maschinenabdeckung?«

»Keine Ahnung. Aber eines kann ich dir sagen: Es handelt sich um chinesische Schriftzeichen.«

Martin sah sie mit großen Augen an. »Du machst Witze!«

»Seh ich so aus?«

»Aber die Dinger sind über hundert Jahre alt! Wer sollte das denn gemacht …«, er hielt inne, »verdammt!«

»Was ist?«

»Verdammt!«

»Hallo! Erde an Martin!«

Martin setzte sich neben Claudia. »Die Archivarin hat einen örtlichen Spruch zitiert, und Warte hatte den wiederholt. Wie war das noch mal?« Er überlegte. »Jetzt hab ich's! Dann geh doch zu Warte und frag den Chinesen! Oder so ähnlich.«

Claudia erschauerte. »Ob das eine Art Vermächtnis ist?«

»Keine Ahnung. Es ist auf jeden Fall interessant. Möglicherweise ist noch mehr dort.«

»Martin?«

»Ja.«

»Ich glaube, ihr solltet dem nachgehen und herausfinden, bevor ihr irgendwelchen anderen Leuten darauf Zugriff verschafft.«

»Zuerst einmal ist es Wartes Eigentum.«

»Das meine ich ja. Er hat ein Recht darauf, es als Erster zu bekommen. Er muss dann entscheiden, was damit geschieht.«

»Aber was ist mit dem Auftrag?«

Claudia reckte sich, um die Verspannung aus den Schultern zu bekommen. »Da sehe ich keinen Konflikt«, antwortete sie schließlich. »Hat der Investor danach gefragt?«

»Nein. Aber er gehört zur Familie. Daran gibt es keinen Zweifel.«

»Bitte?«

»Erkläre ich dir ein andermal.« Er grübelte. »Weißt du was? Es ist Sache von van Rhin, das zu verhandeln. Wir machen nur die Technik, keine Politik.«

»Guter Plan. Wie bekommen wir das geregelt, bevor andere anfangen, vielleicht daraus Politik zu machen?«

»Hm. Ich könnte mich an Warte wenden und an van Rhin. Ob die uns eine Woche für die Analyse der Maschinen gewähren, bevor die eigentlichen Verhandlungen losgehen.«

»Bist du denn mit van Rhin handelseinig?«

Martin nickte und grinste. »Das wird ein Riesengeschäft!«

»Glaube ich auch«, freute sich Claudia. »Ich kann es kaum erwarten. Du nimmst mich nächstes Mal mit, oder?«

»Ich … öhm«

»Du kannst mich hier nicht versauern lassen!«

»Ich werde darüber nachdenken.«

»Martin?«, fragte Claudia mit Unschuldsmiene.

»Ja?«

»So läuft das nicht. Entweder du stellst mich offiziell für das Projekt ein, oder du kannst dir jemand anderen suchen. Ich muss auch arbeiten fürs Geld.«

»Ja. Du hast ja recht. Gut, einverstanden.«

»Dann wäre das ja geklärt.« Sie deutete mit ihrem rechten Zeigefinger auf ihn. »Und jetzt verrate mir noch kurz wie du allein innerhalb einer Woche sämtliche Maschinen dokumentieren willst.«

»Gar nicht. Verdammt! Ich muss mit Lydia doch auch noch die Familienchronik richten.« Martin verschluckte sich.

»Lydia?«

»Die Archivarin der Stadt. Sie hat uns dort toll unterstützt. Sie hat auch ein persönliches Interesse an der Warte-Chronik.«

»Ist ja interessant.« Claudia sah Martin schief an. »Ist mir da irgendwas entgangen?«

»Das wäre das Erste mal.«

»Ist ja deine Beerdigung«, kommentierte Claudia spitz.

»Schlimmer als mit dir kann es eigentlich nicht werden.«

Claudia fuhr auf und hatte schon den Mund geöffnet, da kam ihr eine Idee. Sie schloss den Mund, holte Luft und sah ihren Bruder durchdringend an. »Du hast meine Frage noch nicht beantwortet. Wer soll in der Zeit die Arbeit von Hans machen? Du bestimmt nicht, genauso wenig wie ich. Wen willst du einweihen?«

»Niemanden. Bisher bezahlt van Rhin mich auf Basis einer Absichtserklärung nach Aufwand. Schon als ich dich ins Spiel gebracht habe, hat er Atemnot bekommen.«

»Wie schön für ihn. Jetzt werde ich noch etwas Salz in deine Wunden reiben. So, wie du es machst, wirst du nach einer Woche rausfliegen.«

Martin war völlig überrascht. »Warum?«

»Weil alles, was wichtig ist, sich dann in deinem Kopf befinden wird, mit Ausnahme von ein paar Randnotizen, die du brauchst, um es da wiederzufinden. Du willst es vielleicht nicht wahrhaben, aber Hans war bisher der Einzige, der dir da das Wasser reichen konnte.«

»Ach verdammt!«

»Du wiederholst dich.«

»Du auch!«

»Ja. Manchmal hilft so was beim Lernen. Auch bei so schlauen Leuten wie dir.«

»Was willst du damit sagen?«

»Ich will gar nichts sagen«, gab Claudia zurück. »Aber ich will dir was vorschlagen.«

»Schlag schon!«

Claudia lächelte gewinnend. »Dann pass mal auf, du Genie! Du setzt dich jetzt hier an den Tisch und analysierst sachlich die Situation. Wen du wofür brauchst und was dafür notwendig ist. Ob es sich unter dem Strich lohnt. Ganz kaufmännisch.«

»Und du?«

»Ich koche. Das tue ich sowieso schon. Wie hieß diese Archivarin noch?«

»Lydia. Wieso?«

»Hast du da größere Pläne?«

Martin zögerte. »Weiß nicht.«

Claudia stand auf.

»Hey! Wo willst du hin?«

»Kochen. Ich sagte es doch.«

Martin beugte sich über den Schreibtisch und fing mit der Liste an. Er ließ sich vom gelegentlichen Klappern von Töpfen und dem guten Geruch des Abendessens nicht ablenken. Claudia räumte den Tisch ab und deckte für das Essen. Martin schrieb weiter. Als Claudia die Schüsseln auf den Tisch gestellt hatte, zog er einen Strich unter seine Betrachtungen.

»Claudia?«

»Ja.«

»Hans bedeutet dir etwas. Nicht wahr?«

»Ja. Möglicherweise.« Leise.

»Du weißt, dass sein Interesse an Frauen im Moment nicht so groß ist, wie du es eigentlich erwarten könntest?«

»Ja.«

»Und damit kommst du klar?«

Claudia sah zu Boden. »Vorläufig: ja. Ich denke, das ist nur fair. Hans müsste einen großen Schritt machen. In die richtige Richtung.«

»Wie meinst du das?«

Claudia nahm einen großen Bissen, um nicht sofort antworten zu müssen. Schließlich sagte sie »Ich meine, dass Jungs nie erwachsen werden.«

»Ja, ich weiß. Hinter jedem erfolgreichen Mann steht eine Frau, die ihn in den Arsch tritt.«

Claudia lachte. »Hätte ich nicht besser sagen können.« Sie sah Martin an.

Martin nickte. »Hans hat mit weitem Abstand gewonnen.

Da werde ich wohl über meinen Schatten springen müssen.«
Er wurde ernst. »Du, Claudia. Wir sind uns wirklich heftig an
die Köpfe geraten. Wenn ich jetzt zu ihm gehe, dann wird er es
mir entweder nicht abnehmen oder als Schwäche auslegen.«
»Warum? Hans ist mindestens so intelligent wie du.«
»Stimmt. Was sagt das aus?«
»Brrrr! Wie ich das hasse! Soll ich im Ernst zu ihm gehen
und ihm sagen, dass ich dich kleingekriegt habe?«
»Ich denke, dass es für ihn so weniger emotional ist. Und
für mich auch.«
»Testosteronbunker!«, flüsterte Claudia überdeutlich.
»Wenn es dir hilft, mir einen Gefallen zu tun, dann sieh
es von mir aus so«, gab Martin zurück. »Fürs Geschäft wäre
es auf jeden Fall gut, wenn Hans es sich überlegen würde.«
Er zeigte auf das Blatt. »War schließlich deine Idee. Wer das
Problem meldet, dem gehört es auch.« Er grinste Claudia an.
Sie winkte ab. »Einverstanden. Dann stellen wir alle unsere
Beziehungen ab jetzt also auf die Sachebene.«
»Das hast du gesagt.«

* * *

»Hey! Lass das!«
Munin hatte sich über die Tastatur hergemacht. Mit der
Folge, dass die Notizen unbrauchbar geworden waren. Und
abspeichern ließen sie sich auch nicht. Gar nichts ging mehr.
»Ich verkaufe dich an Microsoft! Als Tester!«, schimpfte
Hans, dem nichts anderes übrig blieb, als seinen Rechner neu
zu starten. »Blödes Federvieh!«
Munin krähte beleidigt, um dann einige andere interessante Töne von sich zu geben, inklusive eines Bellens, was an Flora
erinnerte, nur eine Oktave zu hoch. Aus dem Erdgeschoss
kam das Echo.

»Na gut. Hast ja recht!«

Hans zog den Parka an, setzte sich Munin auf die Schulter und ging zum Strand. Ein langer Spaziergang würde helfen, seine Gedanken wieder ins Gleis zu bringen. In seinem Kopf sah es aus wie in einem Kaleidoskop. Gute und schlechte Erinnerungen mischten sich. Geräusche, Bilder, Gerüche, Gefühle. Er wünschte, dass es aufhören sollte. Dennoch wollte er auf all das nicht verzichten.

Er blieb stehen und nahm den Raben sanft in beide Hände. Dann warf er Munin mit leichtem Schwung nach oben. Nur ein paar Zentimeter. Munin schien es zu gefallen; sie ließ sich wie ein Stein in die Hände zurückfallen, drehte den Kopf und sah Hans zufrieden an.

In der Ferne waren einige schwarze Gebilde am Strand zu erkennen, die in Form und Farbe an Raben erinnerten. Munin hatte die Vögel jetzt auch erkannt.

»Raben?«

Munin krächzte bestätigend.

»Du hast die besseren Augen. Soll ich dich jetzt hintragen?«

Munin verharrte unschlüssig. Dann spannte sie ihre Flügel auf und hob ab. Hans fühlte einen leichten Stich, aber die Freude, dass der Rabe endlich einmal von sich aus flog, überwog. Munin drehte ein paar Kreise um Hans, dann kehrte sie zurück und landete elegant auf Hans Schulter. Hans streichelte Munin am Schnabel und Munin pickte sanft zurück.

»Deine Entscheidung. Ich bin kein Rabe. Und ich kann nicht fliegen. Selbst, wenn ich es wollte.«

Munin gab einen bestätigenden Laut von sich.

»Na gut. Morgen ist ja auch noch ein Tag.«

Munin nickte.

Hans grinste. »Auf jeden Fall spielen die nicht Memory. Wer weiß? Vielleicht bringst du es ihnen ja bei. Wenn die nicht so sturköpfig sind wie Martin«, schränkte er ein. Er machte im Geiste einen Haken in der Rubrik ›Rabe fliegt‹. Wenigstens ein offener Punkt, der gute Aussichten hatte, erledigt zu werden.

* * *

Die Sonne war schon beinahe untergegangen, als sie zurückkehrten.

Werner empfing sie am Eingang. »Ihr habt Besuch.«

»Ich habe niemanden eingeladen.«

Werner legte Hans die Hand auf die Schulter. »Tu dir einen Gefallen und bleib höflich. Einverstanden?«

»Weil du es bist. Nur deshalb.«

Werner nickte. »Danke.«

Als Hans die Ferienwohnung betrat, sah Claudia von dem Buch auf, was sie in der Hand hatte.

Hans' Miene verdüsterte sich. »Hat Martin dich geschickt?«

Munin glitt von Hans' Schultern zu Claudia, wo sie sich neben ihr auf der Couch niederließ. Claudia fütterte Munin mit einem Keks.

»Keks?«, fragte sie Hans.

Hans schüttelte heftig den Kopf, aber er verlor gegen die aufkommende Heiterkeit. »Das ist unfair.«

»Ich weiß.« Sie lächelte ihn an. »Können wir reden?«

»Von mir aus. Was willst du?«

»Dir etwas zeigen. Ich wollte es vorbereiten, aber dein Laptop hat mich nicht reingelassen.«

»Hätte mich auch gewundert.«

»Wenn du vielleicht so gütig wärst?«

»Und wenn nicht?«

»Hans! Ich habe den Weg nicht gemacht, um mit dir Kindergartenspiele zu spielen! Können wir uns für eine Weile wie erwachsene Menschen benehmen? Bitte!«

»Bitte!«, wiederholte Munin.

Hans sah sie überrascht an. »Ok. Zwei gegen einen. Darf ich?« Er legte gemächlich Mantel und Schuhe ab, stieg in die Hausschuhe und schlurfte zur Couch. »Könnt ihr beide bitte etwas Platz machen?«

Claudia nahm Munin auf den Schoß und Hans setzte sich neben sie.

Er meldete sich an. »Wie lange wartest du schon?«

»Eine ganze Weile. Werner war so freundlich, mit mir ein wenig über Munin und Flora zu plaudern.«

Hans drehte den Laptop zu Claudia. »Was brauchst du?«

Claudia zog einen USB-Stick aus der Hosentasche und gab ihn Hans.

»Die Fotos, die du gemacht hast. Mir ist da etwas aufgefallen.«

»Seid ihr die alle noch durchgegangen?«

»Natürlich. Schließlich ist das vielleicht mein nächster Job.«

»Fast vergessen.«

Claudia gab Hans einen Rippenstoß, den er ignorierte.

»Was hast du denn gefunden, was so wichtig ist?«

Claudia ging durch die Bilder, bis sie das passende gefunden hatte.

Hans hatte keinen Zweifel, dass es chinesische Schriftzeichen waren. »Beeindruckend. Wenn Mao die gestochen hat, dann muss das Monate gedauert haben! Es ist reiner Zufall, dass wir es sehen. Die Maschinen waren innen mit einer öligen Schutzschicht überzogen, die ist nur dort weg, wo ich mit einem Tuch drangekommen bin. Habt ihr weitere Schriften gefunden?«

»Nicht definitiv. Bei ein oder zwei Bildern bin ich mir ziemlich sicher. Aber ohne es vor Ort zu sehen, kann ich nichts dazu sagen.«

»Du vermutest etwas.«

»Ja. Ich glaube, dass es mehr von diesen Aufzeichnungen gibt. Auf der Innenseite der Maschinenabdeckungen.«

»Möglich wäre es. Was der Text heißt, habt ihr aber nicht herausbekommen, oder?«

»Nein. Du sprichst nicht zufällig chinesisch?«

Hans schüttelte den Kopf. »Bisher nicht.«

»Martin hat die Idee, dass alle Maschinen untersucht und dokumentiert werden sollten, bevor der Investor einen Blick auf sie wirft.«

»Da hat er verdammt recht. Hat er die familiären Verflechtungen der Wartes erwähnt?«

»Hat er.«

»Na dann viel Spaß dabei. Wie ich es einschätze, werdet ihr drei ...«, er stockte.

»Ja, Lydia.«

»Vor dir kann er wohl nichts geheim halten.«

»Wenig.«

»Ihr drei werdet da drei bis vier Wochen brauchen. Zwei für den technischen Teil, und weitere zwei, um die Informationen aus Martins Kopf zu beschaffen.«

»So weit sind wir auch gekommen.« Sie sah ihn bittend an. »Wir brauchen dich, um es in einer Woche zu schaffen. Mehr Zeit werden wir nicht bekommen, um die Informationen zu sichern.«

»Da habt ihr ein Problem.«

Claudia deutete auf den Laptop Monitor. »Interessiert dich das denn überhaupt nicht?«

Hans sah sie offen an. »Das könnte der interessanteste Job geworden sein, den ich je gemacht habe.«

»Aber?«

»Es wird nicht funktionieren. Martin wird das Projekt gegen die Wand fahren. Weil er nicht teamfähig ist. Bisher haben alle, die mit ihm zusammengearbeitet haben nichts anderes getan, als hinter ihm herzuräumen. Wie ich in den letzten Wochen, auf Anweisung. Oder sind ihm mit ihren eigenen Projekten aus dem Weg gegangen. Ich habe selten eine so große Verschwendung von Arbeitskraft gesehen, inklusive der von Martin.«

»Übertreibst du da nicht ein wenig?«

Hans schüttelte den Kopf. »Martin ist ein netter, extrovertierter Mensch. Solange niemand von ihm verlangt, dass er Dinge richtig machen soll, die er bisher falsch gemacht hat. Für mich ist das erledigt. Soll er sehen, wie er Helmut das erklären kann.«

Claudia starrte ihn an. »Wie meinst du das denn?«

Hans lächelte gequält. »Hat er es nicht gesagt? Er sägt sich gerade selbst den Ast ab, auf dem er sitzt. Das Schlimmste daran ist, dass ich dabei helfen muss! Ich dachte bis gestern, dass ich gut mit ihm auskomme und dass wir einen Weg finden würden. Ich habe meine Unterstützung angeboten. Aber ihm ist nichts Besseres eingefallen, als das als Angriff auf sein aufgeblasenes Ego zu interpretieren!«

»Höre ich da vielleicht noch ein anderes aufgeblasenes Ego?«

»Ich weiß nicht, was du meinst.«

»Oh doch, das weißt du ganz genau!«

Munin fuhr aus ihrem Halbschlaf hoch und gab ein missbilligendes Krächzen von sich.

»Siehst du! Jetzt hast du sie erschreckt!«

Hans blieb die Luft weg. Er sprang auf. »Das darf doch nicht wahr sein! Willst du jetzt auch noch Munin gegen mich aufhetzen?«

»Sag mal, wieso in aller Welt bist du eigentlich so verdammt dünnhäutig bei diesem Raben?«, schnappte Claudia.

»Weil dieser Rabe so ziemlich das Einzige ist, was mir auf

dieser beschissenen Welt noch etwas bedeutet!«, stieß Hans hervor. Er zuckte zurück, überrascht über das, was er gesagt hatte.

Munin sah Hans mit einem Blick an, der genau so brannte wie der von Claudia.

»Dann wird Munin nie wieder frei sein. Weil du sie mit deiner Zuneigung gefangen hältst«, stellte Claudia mit sanfter Stimme fest. »Munin ersetzt den Teil deiner Seele, den du verloren zu haben glaubst, nicht wahr?« Sie legte unbewusst ihre Hand auf Munin, schützend.

Hans löste sich aus der Starre. Er beugte sich vor, zog den USB-Stick aus dem Laptop heraus und warf ihn Claudia in den Schoß. Dann nahm er den Laptop vom Tisch und klappte ihn zu. »Ich glaube, wir haben uns nichts mehr zu sagen.«

»Da bin ich anderer Meinung«, gab Claudia zurück. »Sollen wir eine Pause einlegen? Bevor wir Dinge sagen, die uns nachher leidtun?«

Hans ging ins Bad. Als er nach zehn Minuten zurückkam, war er vollkommen ruhig. »Du hast recht. Wenn Munin bei mir bleibt, dann wird das nichts. Sie kann wieder fliegen. Es fehlt nur noch der Wille, mich zu verlassen. Dann können wir alle wieder unserer Wege gehen.«

»Und jetzt?«

»Ich gehe schlafen. Was du tust, das ist deine Sache. Vergiss nicht, es Munin im Bad gemütlich zu machen, wenn du gehst.« Er drehte sich um, schaltete das Licht im Raum aus und ging ins Schlafzimmer. Claudia hörte, wie er die Türe von innen verschloss.

»Du bist ein genauso dickköpfiges Arschloch wie Martin!«, schimpfte Claudia vor sich hin.

Munin gab ein leises Lachen von sich.

Claudia starrte den Raben erschreckt an. Im Halbdunkel hätte sie ihr Leben darauf verwettet, dass es eine Frau gewesen wäre, die sie angelacht hätte. Ein ausdrucksvolles, wissendes Lachen. ›Jemand, der Hans kennt‹, ging es ihr durch den Kopf. ›Aber kein Rabe. Nie im Leben.‹ Ihr Magen knurrte. »So leicht wirst du mich nicht los. Wäre doch gelacht!« Sie sah Munin an, dann den Kühlschrank.

Munin nickte.

»Wir Frauen müssen zusammenhalten, nicht wahr?«

»Kraah!«

Claudia deckte den Tisch für einen Menschen und einen Raben. Nach dem Abendessen flatterte Munin zur Couch, landete auf dem Boden und schritt zur Memory-Kiste. Sie tippte fordernd mit dem Schnabel darauf.

»Aber nur eine Runde! Ich bin todmüde!«

Eine Stunde später packte Claudia das Spiel weg, nicht wissend, ob sie frustriert sein sollte oder nicht. Sie hatte das sichere Gefühl, dass Munin sie mindestens einmal hatte gewinnen lassen, und das nagte ziemlich an ihrem Ego.

»Schluss für heute«, meinte sie. »Ich will nicht auch noch mit einem Raben Streit anfangen.«

Munin ließ ihr den Vortritt ins Bad.

Nachdem sie den Raben untergebracht hatte, saß Claudia noch eine Weile auf der Couch und dachte nach. Schließlich nahm sie die Decken, richtete sich zum Schlafen ein, so gut es ging, und löschte das Licht.

»So einfach wirst du mich nicht los«, meinte sie zu niemand im Besonderen. »Das haben schon ganz andere versucht. Und zu denen bin ich bei Weitem nicht so nett gewesen!«

Munin krähte leise.

»Ihr müsst euch wirklich sehr gut verstanden haben«, flüsterte Claudia. Sie spürte die Tränen auf ihren Wangen, bevor sie einschlief.

* * *

Etwas klopfte an Claudias Kopf. Sie schüttelte ihn unwillig. Sie hatte doch ein Dach über dem Kopf und es war kein Regen zu hören. Das Tropfen wurde zu einem Picken.

»Aua! Du spinnst wohl!«

»Kraah!«

Claudia reckte sich. Sie stellte fest, dass diese Couch alles andere als ein bequemes Liegemöbel gewesen war. Eher so etwas wie ein mittelalterliches Folterwerkzeug. Sie stöhnte und versuchte, Muskeln und Knochen wieder an den richtigen Platz zu bewegen. Dann öffnete sie die Augen.

Munin saß auf der Tischplatte und sah sie abwartend an.

»Ja. Was?«

Die Schlafzimmertür war offen. Claudia schoss hoch und bereute die schnelle Bewegung sofort. Sie fiel zurück auf die Couch. Deutlich vorsichtiger stand sie auf, streckte sich erneut und sah sich um. Hans' Mantel hing nicht mehr am Kleiderständer. Sie sah Munin an. »Du hättest ja ruhig Laut geben können!«

»Kraah?«

Es klopfte an der Tür. Claudia huschte hin und öffnete sie.

»Oh! Ich dachte, es sei Hans«, meinte sie verlegen.

Werner sah sie und Munin an. »Der ist heute mit der ersten Fähre weg.«

Claudia stampfte mit dem Fuß auf. »Scheiße!« Dann blickte sie schuldbewusst zu Werner. »Entschuldige. Ist mir so rausgerutscht.«

»Das lässt sich jetzt wohl nicht ändern. Darf ich euch zum Frühstück einladen?«

Im ersten Reflex wollte Claudia davonstürzen, überlegte es sich aber anders. »Ja. Danke. Gerne. Ich muss erst einmal einen klaren Gedanken fassen.«

»Es geht mich ja nichts an, aber ihr habt gestern Abend recht laut diskutiert Etwas Persönliches?«

»Ich wollte, es wäre so gewesen. Dann wäre manches einfacher.«

»Erzählst du mir davon? Ich will keine Einzelheiten wissen Aber neugierig bin ich schon.«

Claudia schilderte Werner beim Frühstück in groben Zügen. worum es ging. »Diese Sturköpfe!«, schimpfte sie. »Und mich schießen die beiden wie einen Ping-Pong Ball hin und her. Da kann dann jeder draufhauen!«

Werner lachte. »Guter Vergleich. So bleibst du im Spiel, nicht wahr?«

Claudia dachte darüber nach. »Stimmt schon, irgendwie. Mich hat ja niemand gezwungen. Nicht wirklich.«

»Also doch mehr als berufliches Interesse?«

»Möglicherweise. Aber das ist jetzt nicht das Thema«, wiegelte Claudia ab.

»Wie du meinst. Alles eine Frage des richtigen Zeitpunktes.«

Claudia nickte. »Deshalb will ich gleich los.«

»Damit erreichst du nichts«, gab Werner zu bedenken.

»Wieso?«

»Weil ich glaube, dass Hans im Moment den Kopf voll mit Dingen hat, die er in Reihe bringen muss. Wenn dann noch ständig eine Frau mit neuen tollen Ideen kommt ...«, er schüttelte den Kopf.

»Wie soll ich das denn jetzt verstehen?«

»Ich denke, es ist alles gesagt worden. Richtiges und Falsches. Das muss sich setzen. Dann ist der Zeitpunkt, es noch einmal entschieden zu versuchen. Wenn es ernst gemeint ist«

»Und wann soll das sein?«

Werner wiegte den Kopf. »So, wie ich Hans einschätze, ist er jemand, der nichts unerledigt lassen will.«

»Ja. Und?«

»Dann ist er Montagmorgen im Büro. Wo soll er sonst hin? Angst vor Martin hat er keine. Wahrscheinlich räumt er seinen Schreibtisch auf und verabschiedet sich von den Kollegen.«

»Vielleicht sollte ich Martin bitten, ihn erst einmal in Ruhe zu lassen?«

»Zum Beispiel. Er erwartet ja immer noch, dass du ihm da raushilfst, oder?«

»Ich denke schon.«

»Und was sind deine Absichten?«

»Ich ... ich weiß es nicht.« Es klang überrascht. »Gestern war mir noch alles klar, aber jetzt? Ich würde sehr gern mit Martin und Hans zusammenarbeiten wollen. Die beiden sind einfach Leute, mit denen man gern das macht, was sie machen.«

»Pferde stehlen?« Werner grinste.

»Ja. Auch das. Aber mehr? Dazu gehören zwei, nicht wahr?«

»Genau. Zwei, die wissen, dass sie dasselbe wollen. Entschuldigung für die Oberlehrerhaftigkeit. Ich denke nur laut.«

Claudia sah zu Flora, die zusammen mit Munin futterte.

»Die sind ein Herz und eine Seele.«

»Ja. Flora ist eine Seele von einem Hund. Was die mir schon alles angeschleppt hat. Erinnert mich manchmal an meine Frau. Die konnte auch keine Tiere leiden sehen.«

»Aber damit hören die Gemeinsamkeiten auf, oder?«

Werner lachte laut. »Danke! Du hast mich gerade aus meinem Elfenbeinturm geholt. Genau, ein Tier kann nie einen Menschen ersetzen. Vertreten, für eine Zeit.«

»Fein. Und was mache ich mit Munin?«

»Hans ist mit ihr um diese Zeit immer an den Strand gegangen und hat lange Spaziergänge gemacht. Vielleicht ist er auch gelaufen?«

»Das kann ich auch. Und wenn ich schon einmal hier bin, dann kann ich mir auch ein schönes Wochenende gönnen. Ich hab's verdient!«

»Gut! Du wohnst wieder im Dünenkrug, nehme ich an?«

»Ja.«

»Pass auf. Ich nehme Munin noch eine Woche in Pension, falls sie nicht wegfliegt. Und du kümmerst dich um sie, wenn du da bist?«

»Einverstanden. Aber surfen gehen wollte ich auch.«

»Kein Problem. Ich komme mit zum Zusehen.«

* * *

Als Claudia mit Munin am Strand war, begann sie in einem leichten Trab zu laufen. Munin saß eine Weile gemütlich auf ihrer Schulter, dann hob sie ab und umkreiste sie, mal in großem, mal in kleinem Abstand. Als der Wind auffrischte, versuchte sie ein paar Figuren, die ihr als Pseudodrachen gelungen waren, aber ohne das Seil am anderen Ende sah das nach einem durch die Lüfte gewirbeltem Blatt aus. Claudia lachte und war ziemlich neidisch auf Munin. »Das sollte ich einmal mit dem Brett versuchen! Ich würde mir den Hals brechen!«

* * *

Am Sonntagabend kehrte sie tatendurstig zu Martin zurück den sie bis dahin hatte schmoren lassen.

»Wie ist es gelaufen?«, wollte er wissen, sobald sie in der Tür stand.

Claudia umarmte ihn herzlich. »Darf ich vielleicht erst einmal ankommen?«

Sie setzten sich im Wohnzimmer zum Essen. Claudia fasste

ehrlich zusammen.»Ich weiß nicht, ob das was wird. Hans ist genau so ein Sturkopf wie du.«

Martin war enttäuscht.»Er hat also abgelehnt?«

»Jain.«

»Was nun? Hat er abgelehnt oder nicht?«, fuhr Martin auf.
»Ist das der Ton, in dem du mit Hans arbeiten willst?«

»Nein! Aber du erzählst mir gerade, dass er das nicht will!«

»Lass mich doch bitte ausreden. Hans hat sich mit mir die Fotos angesehen. Er ist genauso begeistert, wie wir es sind. Aber du kannst nicht im Ernst erwarten, dass er dir einen Tag, nachdem ihr euch gefetzt habt, um den Hals fällt.«

Martin sah Claudia schräg an.»Du warst immerhin vier Tage auf der Insel.«

»Ja! Was willst du damit sagen?«, ranzte Claudia zurück.
»Dass ich mich nicht genug um ihn bemüht habe? Damit du deinen Willen bekommst?«

»Mir scheint, da hat auch jemand anderes nicht seinen Willen bekommen«, ätzte Martin.

»Das steht jetzt wohl nicht zur Debatte! Um meine Sachen kümmere ich mich immer noch selber!« Sie wollte aufstehen.

»Warte. Bitte!«, hielt Martin sie zurück.

Claudia lehnte sich weit zurück und starrte Martin an.»Das ist wirklich nicht komisch!«

Martin verkniff sich eine Bemerkung.»Mag sein. Aber bisher können wir beide uns doch nicht beklagen, oder?«

»Das tue ich ja auch nicht. Aber das hier ist etwas anderes.«

»Dann lass uns zuerst zur Sache kommen. Hans hat nicht eingelenkt, aber du glaubst, dass du ihn vielleicht noch umstimmen kannst.«

Claudia nickte.»Vielleicht. Kommt darauf an, wie ernst du es damit meinst, dir von ihm etwas sagen zu lassen.«

Martin verzog das Gesicht.

»Martin! Ich mache mich. Nicht! Lächerlich. Wenn du nicht

mit Blut unterschreibst, dann vergiss die Sache, und such dir zwei neue Opfer fürs Projekt! Geht das in deinen Dickschädel rein?« Claudia beugte sich nach vorn und fixierte den Bruder mit stählernem Blick. »Ich will ein klares Ja hören.«

Martin rang mit sich. Schließlich sagte er »Ja. Gut. Von mir aus.«

»Großes Geschwisterehrenwort?«

»Großes Geschwisterehrenwort.«

»Nur zu deiner Information. Wenn du mich verlädst, dann hast du eine Schwester gehabt.«

Martin gab auf. »Ok, ich habe verstanden.«

»Gut. Ich gehe am Montag in die Firma und rede mit Hans. Allein. Ich kann nicht versprechen, dass ich ihn umstimmen kann. Du kommst dann nach dem Mittag. Je nach Ergebnis dürft ihr euch dann um den Hals fallen oder aufeinander losgehen. Einverstanden?«

»Einverstanden. Er bedeutet dir etwas, nicht wahr?«

»Ja.« Es war ein einfaches, bestimmtes Ja. »Damit wäre das dann wohl auch geklärt.« Claudia atmete erleichtert auf.

»Das wird nicht einfach.«

»Vielleicht ist es das, was mich reizt? Ich weiß es nicht. Hans ist im Moment so weit weg. Wir haben uns, nachdem wir die Fotos angesehen hatten, wegen dir gestritten. Er ist einfach ins Schlafzimmer gegangen und hat sich eingeschlossen.«

»Ohne dich?« Martin klimperte überrascht mit den Augen. »Er muss blind sein!«

»Chauvi!«

»Ja! Zumindest manchmal. Meistens habe ich die Willigen von dir fernhalten müssen, liebe Schwester.« Er grinste. »Das war nicht immer leicht. Er muss blind sein.«

Claudia schüttelte traurig den Kopf. »Nein. Das ist es nicht. Sein Herz gehört noch immer einer anderen. Verstehst du?«

Martin wurde schlagartig ernst. »Ja. Das verstehe ich.« Er

sah Claudia prüfend an. »Können wir denn dann überhaupt dauerhaft auf seine Mitarbeit zählen?«

»Das muss er allein entscheiden. Immerhin sehe ich einen Lichtblick. Vielleicht ist es aber auch einfach Wunschdenken. Überinterpretiert.«

»Was meinst du?«

»Ich habe bei ihm übernachtet.«

»Wozu? Das Hotel wäre bequemer gewesen.«

»Weil der Rabe mich im Memory geschlagen hat. Dann war ich zu müde, habe Munin…«

»Wen?«

»Den Raben in sein Nest gebracht, und bin dortgeblieben.«

»Ok. Und?«

»Am nächsten Morgen war Hans abgereist.«

»Hoffentlich nicht für immer.«

»Das werden wir am Montag erfahren. Der Punkt ist, dass er den Raben dagelassen hat. Bei mir.«

»Statt Rosen?«

»Nein. Als Zeichen. Vielleicht. Dieser Rabe, ein Weibchen, ist richtig unheimlich. Auf eine sympathische Art.«

»Wie Frauen halt nun mal sind«, konnte Martin nicht für sich behalten.

Claudia nickte. »Genau so. Der Rabe kann lachen.«

»Raben sind bekannt dafür, Stimmen imitieren zu können.«

»Ja. Weiß ich doch auch. Wenn ich nur die Stimme gehört hätte, dann hätte ich geschworen, dass es eine Frau gewesen wäre. Ungefähr in Hans' Alter.«

Martin wurde blass. »Hat dir Hans von seiner Frau erzählt?«

»Nein.«

»Sie war ein Jahr jünger als er. Ich habe sie einmal auf einer Feier gesehen. Sie war … fantastisch.« Er schüttelte den Kopf. »Weißt du, was ich denke?«

»Nein. Sag.«

»Dass er sie auf den Raben projiziert. Ihre Eigenschaften zu erkennen glaubt. Und dass das Tier diese Wünsche irgendwie wahrnimmt und erfüllt.«

»Hört sich vernünftig an. Wäre nur noch zu klären, warum der Rabe Hans das Leben gerettet hat.« Claudia zuckte zusammen. »Scheiße!«

Martin schreckte auf. »Was willst du damit sagen?«

»Ich habe wohl eben zu viel gesagt.«

»Finde ich nicht. Den Verdacht habe ich schon lange. Daher auch meine Frage von vorhin.«

»Ich habe sie nicht vergessen.«

»Hans hat es also schon einmal versucht?«

Claudia zögerte. »Ja«, gab sie schließlich zu. »Und der Rabe wurde verletzt, als er ihn … hinderte? Das klingt total verrückt!«

»Stimmt. Aber du glaubst es offensichtlich. Und Hans auch.«

»Martin«, sagte Claudia mit Bestimmtheit. »Es ist irrelevant, ob es sich tatsächlich so zugetragen hat oder nicht. Ob es, im technischen Sinne, wahr ist. Es ist das Modell, aufgrund dessen es Hans noch gibt. Und solange er kein anderes hat, welches ihn trägt, ist er in Gefahr.«

»Verstehe sogar ich«, brummte Martin. »Wir sollen ihn jetzt also bemuttern?«, fragte er unwohl.

»Keine Chance«, antwortete Claudia. »Keine Chance. Hans wird seinen Weg gehen.« Sie zeigte ihre Zähne. »Aber ich werde ihm einen kräftigen Tritt geben, damit er weiß, was die richtige Richtung ist.«

* * *

Am Freitag kam Hans am späten Nachmittag ins Büro und setzte sich wortlos an seinen Schreibtisch. Er meldete sich an und starrte auf den Monitor, ohne zu sehen. Nach einer Weile steckte Oscar seinen Kopf durch die Tür. »Hallo! Wo warst du denn gestern? Warst du krank?« Er blickte ihn prüfend an. »Siehst jedenfalls ein wenig so aus. Ist es ansteckend?«

Hans grinste freudlos. »Nein. Keine Sorge.«

»Wie war es bei Martin? Toller Schuppen, in dem er wohnt.«

»Ja. Sehr schön gelegen.«

»Du bist nicht gerade ein Quell der Information.«

Hans seufzte. »Was willst du denn wissen?«

»So, wie du mich fragst, glaube ich fast, die Antwort zu kennen. Aber trotzdem, noch mal: Wie ist es bei Martin gelaufen? Wenn du es für dich behalten willst, ist es auch ok.«

»Ich glaube, ihr werdet ein richtig großes und interessantes Projekt bekommen. Und in interessanten Zeiten leben.«

Oscar stutzte. »Das hört sich aber nicht sehr positiv an, so wie du es sagst.«

»Du sagst es. Das wird dann zu Glück nicht mehr mein Problem sein.«

Oscar sog scharf die Luft ein. »Du hast aufgegeben? Kann ich nachvollziehen. Fairerweise muss ich sagen, dass du noch am weitesten gekommen bist bei deinen Bemühungen.«

»Das macht mich auch nicht zufriedener.«

»Und nu?«

»Ich räume meinen Kram zusammen. Am Montag mache ich reinen Tisch. Dann soll Helmut entscheiden. Ich schulde ihm Transparenz. Immerhin hat er mich hergeschickt, um zu sehen, was zu retten ist.« Er atmete tief ein. »Es tut mir leid. Auch für Martin.«

»Was glaubst du, was passieren wird? Wird unser großer Chef hier zumachen?«

»Glaube ich nicht. Dafür seid ihr zu profitabel. Ich denke, dass sich an den Strukturen etwas ändern wird.«

»Du meinst, ein neuer Leiter?«

»Keine Ahnung!«, antwortete Hans gereizt. »Ich bin hier doch nur der Depp! Ich bin es leid, anderen das Denken abzunehmen!«

»Ist ja schon gut«, versuchte Oscar, zu beschwichtigen »Wir kennen unseren Martin ja eine Weile. Ist wahrscheinlich nicht einmal schlecht für ihn, wenn er sieht, dass das hier eine Teamveranstaltung ist.« Er überlegte.

»Ist noch was?«, fragte Hans.

»Ja. Ist es. Mit uns hast du keinen Stress, oder?«

»Nein. Nicht, dass ich wüsste.«

Oscar lächelte. »Dann musst du noch deinen Ausstand geben. Am besten heute.«

»Ich weiß nicht so recht. Eigentlich ist mir nicht danach.«

»Hast du andere Verpflichtungen? Dein Rabe?«

»Nein. Der ist auf der Insel. Wahrscheinlich bei Claudia.«

»Hallo?« Dirk war dazugekommen. »Was höre ich? Du hast den Raben Claudia geschenkt?«

»Verdammt! Nein! Ich habe sie nicht geschenkt! Man kann nichts verschenken, was einem nicht gehört!«

Oscar sah Hans fragend an. »Das verstehe ich jetzt nicht. Irgendwas Persönliches?«

»Was mich betrifft, nein.«

Oscar sah Hans offen an. »Sorry that, aber da du lügst gerade.«

»Wie kommst du darauf?«, fragte Hans zurück, der sich in der Defensive sah.

»Wenn du nicht von alleine drauf kommst, dann bist du so was von tot. Willst du es für dich behalten oder zumindest sinngemäß erzählen?«

»Wozu soll das gut sein?«

»Weil wir, im Gegensatz zu dir, weiterhin mit Martin und Claudia auskommen müssen.«

Hans lächelte. »Ok, das ist ein Argument.« Er sah sich um. »Ich bekomme heute sowieso nichts Brauchbares mehr auf die Reihe. Also?«

»Wir müssen nicht weit laufen«, schlug Dirk vor. »Du lässt die Autoschlüssel hier, einverstanden?«

Hans nickte ergeben.

* * *

Dirk sah Hans fassungslos an. »Du hast sie auf der Couch schlafen lassen?«

Hans nickte.

»Du bist aber nicht ... wie hieß dieses politisch unkorrekte Wort noch gleich?«

»Homosexuell«, gab Hans zurück. »Nicht dass ich wüsste.«

»Und das sollen wir dir abnehmen?«, fragte Oscar, nicht minder erstaunt. Er schüttelte den Kopf. »Hast du dafür irgendeine Entschuldigung?« Er zuckte zusammen. »Sorry. Da bin ich wohl zu weit gegangen.«

»Ist schon gut. Ich kann euch ja verstehen.« Er grinste vielsagend.

Oscar winkte dem Kellner. »Bevor wir dich jetzt verprügeln, bestellen wir noch was zu trinken, denke ich.«

Sie leerten ihre Gläser und Hans bestellte die nächste Runde.

»Das mit dem Raben habe ich nicht ganz verstanden«, fragte Dirk nach.

»Es ist ganz einfach. Der Rabe gehört nicht mir. Claudia hat mich darauf hingewiesen, dass, nach einiger Zeit, der Rabe das vielleicht ganz anders sieht. Warum wegfliegen, wenn die Futterstelle so nah ist?«

»Kluges Tier.«

»Oh ja«, bestätigte Hans.

»Deshalb hast du ihn Claudia überlassen?«

»Nein! Hab ich nicht! Der Rabe ist bei Claudia oder bei Werner, meinem Vermieter auf der Insel. Und ich bin ihn los.«

»Wie fühlt man sich so ohne Raben?«, wollte Oscar wissen. Hans setzte zum Sprechen an, stockte. »Seltsam. Ich fühle mich frei. Auf der einen Seite. Niemand mehr da, der von mir abhängig ist. Gleichzeitig fühle ich mich einsam, leer.« Er nahm einen tiefen Zug aus dem Glas. »Ich hätte nie gedacht, dass ich mich in so kurzer Zeit gewöhnen würde. Haustiere waren nie mein Ding. Dafür waren wir viel zu viel unterwegs.«

»Du hast dich mit Martin gefetzt und hingeschmissen. Du hast dich mit Claudia über Details des Projektes unterhalten, die so interessant sind, dass du sie für dich behältst. Dann hast du dich mit ihr gefetzt. Was wir nachvollziehen können. Die ist halt so.«

»So was?«

»So rechthaberisch. Das Schlimme daran ist, dass sie oft tatsächlich recht hat. Sei es drum. Du hast es aber nicht geschafft, sie so zu vergrätzen, dass sie Leine gezogen hat. Im Gegentum. Sie hat sich bei dir einquartiert für die Nacht, und du hattest nichts Besseres zu tun, als dich allein im Schlafzimmer einzuschließen! Ja! Tschaka! So stelle ich mir echte Kerle vor!«

»Wie meinst du das denn jetzt?« Die Gläser und seine Arbeitskollegen begannen, sich mehr zu bewegen, als sie es eigentlich sollten.

»Da kommst du selber drauf. Weiter. Am Morgen hast du dich von deinem Raben und von Claudia auf französisch verabschiedet.«

»Wenn du es sagst.«

»Das Ganze nennt man dann wohl reinen Tisch machen.«

Hans hatte einen seltsamen Gedanken. Er stand an einer Tafel, mit dem Schwamm in der Hand. Die Tafel war leer und völlig sauber gewischt. Er legte den Schwamm zur Seite und suchte verzweifelt nach der Kreide.

»Hans? Kannst du uns noch hören?«, fragte Dirk.

»Knapp«, sagte Hans mit schwerer Zunge. »Kein Bier mehr für mich, bitte.«

»Ok. Hans?«

»Ja?«

»Wir sehen uns am Montag?«

Es dauerte eine Weile, bis Hans den Satz begriff und eine Antwort zurechtgelegt hatte. »Ja.«

»Kein Bier mehr?«

»Nein.«

»Ober! Drei Korn!«

* * *

Als Hans am Samstag aufwachte, war der Morgen schon ziemlich weit fortgeschritten.

»Oh, mein Kopf!« Ein gleichmäßiger Kopfschmerz zeigte Hans die ungefähre Position an. Nachdem er ihn samt Körper in die Dusche gebracht und dort für eine Weile in kaltem Wasser gelassen hatte, ging es ihm besser. Nach dem Frühstück und Sichtung seiner Vorräte begab er sich in den Ort. Auf dem Weg fiel ihm ein, dass er heute weniger einkaufen musste. Nicht, dass Munin ihm die Haare vom Kopf gefressen hätte. Hans grinste bei dem Gedanken vor sich hin. Plötzlich überkam ihn ein seltsames Gefühl von Einsamkeit.

›Ist es jetzt so weit? Habe ich alles hinter mir gelassen?‹ Hans hakte es auf einer virtuellen Liste ab:

- Martin: erledigt
- Munin: erledigt

- Claudia:

Er zögerte. Erledigt? Es fühlte sich verkehrt an.

- Helmut: offen

Helmut schuldete er etwas. Andere Chefs hätten ihn wahrscheinlich einfach entsorgt. Warum Helmut eigentlich nicht? Seine Zeit im Team glitt wie ein Film an ihm vorbei. Ja, Helmut und er hatten eine Menge auf die Beine gestellt. Auch sie hatte Helmut geschätzt, wenn nicht sogar gemocht. Sie. Für sie brach er alle Brücken ab. Um mit ihr allein zu sein. Allein und frei.

Er kam an einer Gaststätte vorbei, warf einen Blick auf die Speisekarte und änderte die Planung für das Wochenende. Warum noch groß kochen? Die Öffnungszeiten waren angenehm, er würde also nicht verhungern. Im Supermarkt packte er ein paar Flaschen Mineralwasser und einige Packungen Kekse ein.

»Haben sie einen Vogel zu füttern?«, fragte die Frau an der Kasse.

»Wie kommen Sie darauf?«, fragte Hans erstaunt zurück.

»Ach, wissen Sie, die Sorte sehe ich häufig bei den Touristen, die am Strand die Vögel füttern. Ich finde, die schmecken auch nach Vogelfutter. Seien Sie gewarnt!« Sie lächelte.

Hans lächelte zurück. »Dann sind Sie wohl nicht die richtige Frau für diesen Keks.«

Beide lachten.

»Das kann gut sein. Da müsste ich einen Mann schon sehr mögen, bevor ich mich von ihm mit diesen Dingern füttern ließe«, erwiderte sie im Brustton der Überzeugung.

Hans schüttelte heftig den Kopf, um den Gedanken zu verscheuchen, der ihn zu überwältigen drohte.

»Sie sind anderer Meinung?«

»Ich denke gerade darüber nach. Danke für den Hinweis.«

Er bezahlte und hatte auf dem Rückweg über vieles nachzudenken.

* * *

Nachdem er sich den ganzen Nachmittag mit dem Problem beschäftigt hatte, kam er zu dem Schluss, sich nicht mehr damit zu beschäftigen, bis sein Restalkoholspiegel wieder klare Gedanken zuließ und sein Bauchgrimmen aufgehört hätte. Er nahm eine Packung der Kekse und machte einen langen Spaziergang. Als er am Abend im Ort einkehrte, hätte er nicht sagen können, wo er überall gewesen war. Aber er fühlte sich jetzt klar. Das erste Mal seit Langem. Keine Freude, kein Leid, nichts. Nur er.

* * *

Am Sonntag setzte er die Spaziergänge fort, analysierte die anstehenden Themen so, wie er sie bei seiner Arbeit behandeln würde. Am Ende blieben eine Handvoll Optionen und eine Handvoll von Dingen, die noch zu erledigen waren. Dazu gehörte, am Montag ins Büro zu gehen, um das, was er am Freitag nicht geschafft hatte, zu Ende zu bringen. Dann war er frei. Frei, sich zu verabschieden.

Interessante Zeiten

Hans betrat die Firma und stand unschlüssig vor seinem Büro. Er ging ein paar Schritte weiter und klopfte bei Oscar an.

»Ja? Herein!«

Hans öffnete die Tür. »Wie seid ihr am Freitag eigentlich nach Hause gekommen?«

Oscar grinste. »Wissen wir nicht mehr so genau. Nachdem wir dich ins Taxi verfrachtet haben, was nicht einfach war, sind wir, glaube ich, noch irgendwo eingekehrt, um eine Kleinigkeit zu trinken. Danach verlässt mich mein Gedächtnis. Laut den Resten in der Brieftasche müssen wir noch einiges zu uns genommen haben.«

»Bei mir hat einfach nicht mehr reingepasst.«

»Glücklicher!«

Hans lachte. »Danke für den tollen Abend.« Er wurde sachlich. »Ich rechne euch hoch an, dass ihr nicht versucht habt, mich mit Rührseligkeiten umzustimmen.«

Oscar nickte. »Du bist selber groß und musst wissen, was du tust. Es waren ein paar angenehme Wochen mit dir. Ich für meinen Teil würde mich freuen, wenn wir uns wieder begegnen. Ok?«

»Ok. Das ist fair. Danke nochmals.«

»Was sind deine Pläne, wenn ich fragen darf?«

»Zuerst einmal muss ich zu Ende bringen, wovon ihr mich am Freitag abgehalten habt.«

»Denn man tau! Martin hat sich für heute Nachmittag angesagt. Ich soll dir ausrichten, dass er mit dir reden will.«

Hans verzog das Gesicht. »Wozu? Wir haben doch beide unsere Standpunkte klargemacht.«

»Keine Ahnung. Ich war bei eurem Gespräch ja nicht dabei. Oh! Fast vergessen! Das wirst du auch in deiner Mail finden. Helmut ist heute Nachmittag da. Er hat mit uns allen Termine gemacht.«

»Na super! Jetzt habe ich noch zwei Stunden, um meine Präsentation auf den Stand zu bringen!«

»Dann lass dich nicht aufhalten«, äußerte Oscar mit einer gewissen Schadenfreude. »Und um zwölf wird gegessen!«

»Das kannst du vergessen.«

»Negativ. Das bist du Dirk und mir schuldig.«

»Na gut. Einverstanden. Sonst noch was?«

Oscar lächelte verschwörerisch. »Das wirst du schon sehen.«

Als Hans in sein Büro kam, saß Claudia auf seinem Stuhl. Hans seufzte tief. »Ihr wollt mich wohl alle heute vom Arbeiten abhalten.«

»Je nachdem, wie schnell wir miteinander fertig werden.«

»Ich dachte, wir sind miteinander fertig. Nicht, dass wir jemals irgendetwas angefangen hätten.«

»Das ist deine Sicht der Dinge.«

»Und was ist deine?«

Claudia stand auf. Sie machte einen unsicheren Eindruck. »Ich weiß nicht, womit ich anfangen soll.«

»Wie geht es Munin?«

Claudia entspannte sich. »Der geht es gut. Sie ist am Sonntag nur sehr zögerlich zurückgekommen. Werner meint, es dauert höchstens noch zwei Wochen, dann wird sie uns verlassen.«

»Uns?«

»Dich, Werner, Flora, mich. Sag mal, blendest du eigentlich alles aus, was um dich herum passiert?«

»Willst du wieder einmal Streit anfangen?«

»Wie kommst du da drauf?«

»Nur so ein Gedanke.«

Claudia biss sich auf die Lippen. »Ich habe mir vorgenommen, es heute nicht zu tun. Weil es wichtig ist.«

»Was ist wichtig?«

Claudia stieß Hans energisch mit dem Zeigefinger an die Brust. »Tust du mir bitte einen Gefallen? Dieses Mal nur?«

»Meinetwegen. Was denn?«

»Setzt dich hin, halt die Klappe und hör mir zu!«

Hans wollte auffahren.

»Du hast es versprochen!«

»Na gut.« Er setzte sich.

»Ich habe am Sonntag mit Martin geredet. Ziemlich lange.«

»Soll vorkommen.«

Claudia setzte sich auf die Schreibtischkante und sah auf Hans hinunter. »Ja. Soll vorkommen. Soll auch vorkommen, dass jemand zuhört, und versucht, zu verstehen. Also: Martin will mit dir zusammenarbeiten. Zu deinen Bedingungen.«

»So. Will er das?«

»Ich bin mir nicht völlig sicher, ob er will. Aber ich bin mir sicher, dass er wird. Zumindest so lange wie du in der Lage bist, das einzulösen, was du ihm angeboten hast.«

»Aha. Und das soll ich dir jetzt so einfach abnehmen?«

Claudia beugte sich nach vorne, bis auf eine Nasenlänge Abstand von Hans. Hans sah das entschlossene Funkeln in Claudias Augen. Es gefiel ihm.

»Sag mal, bist du wirklich so begriffsstutzig?«, schnappte sie.

Hans wich ein Stück zurück. »Wieso?«

»Was glaubst du denn, warum ich mich bei Martin und

dir zum Narren mache, damit ihr wenigstens versucht, ein vernünftiges Wort miteinander zu reden?« Sie sprang auf. »Egal! Wenn du wirklich so cool bist, wie du dich immer gibst, dann wird dir dabei doch wohl kein Zacken aus der Krone fallen, oder?« Sie wandte sich zum Gehen. »Versuch dich doch mal in die andere Seite hineinzuversetzen, wenn du das kannst.« Damit verließ sie das Büro.

Hans sah noch eine Weile auf die geschlossene Tür. Dann kümmerte er sich um seine Arbeit.

* * *

Am frühen Nachmittag kam Helmut. Hans hatte den ersten Termin, was ihm überhaupt nicht behagte. Er hatte Mühe, die Zahlen zusammenfassen können, und betrat ziemlich unzufrieden den Besprechungsraum.

»Hallo Hans. Wie geht es dir?«

»Das weiß ich erst, wenn wir hier fertig sind«, antwortete Hans mit einem unsicheren Lächeln.

Sie begrüßten sich mit Handschlag und nahmen an einem Schreibtisch Platz.

Helmut nickte verständnisvoll. »Ich habe mir die letzten Zahlen angesehen, und schon vermutet, dass du da viel Arbeit investiert hast.«

»Oscar und Dirk haben mich super unterstützt«, gab Hans das Lob weiter.

»Aber Martin nicht unbedingt?«

Hans wurde unwohl. »Martin ist mein Vorgesetzter, wenn auch nur auf Zeit. Was erwartest du, dass ich da sage?«

»Ich erwarte eine sachliche Analyse. Die Stärken Martins sind mir bekannt. Ich habe dich wegen seiner Schwächen hierhin geschickt. Unter anderem. Sag mir einfach, ganz neutral, wie Martin damit umgeht.«

Hans wiegte den Kopf. »Das ist nicht so einfach. Martin ist sich, meiner Meinung nach, des Problems bewusst, aber es hat für ihn nicht oberste Priorität. Er hat Angst, Zeit zu verlieren, die er woanders kreativer verbringen kann.«

»Hast du ihn darauf angesprochen?«

»Mehrmals. Beim letzten mal sind wir uns deswegen in die Haare geraten. Eigentlich bin ich nur noch hier, um meinen Schreibtisch aufzuräumen.«

Helmut lehnte sich zurück. »Das ist schade.«

»Das stimmt wohl. Allerdings habe ich heute indirekt Feedback bekommen, dass Martin sich noch einmal mit mir zusammensetzen will.«

»Indirekt? Was heißt das?«

»Das heißt, dass der Termin mit mir ziemlich ungünstig liegt, um deine Fragen abschließend zu beantworten«, erklärte Hans. »Vielleicht sollten wir drei uns heute Nachmittag noch einmal zusammensetzen? Ich will keine Ergebnisse vorwegnehmen.«

Helmut stimmte zu. »Das hört sich vernünftig an. Ich habe heute so lange Zeit, wie es dauert. Was ist eigentlich mit dem Projekt, welches Martin avisiert hat? Das klang ja ziemlich interessant, allerdings war er da sehr geheimnisvoll.«

»Mit Recht. Das kann eine ganz große Sache werden. Wir haben keinerlei Daten zentral abgelegt. Man weiß ja nie, wer mitliest. Aber besprechen sollten wir es heute auf jeden Fall. Als letzten Punkt auf deiner Tagesordnung schlage ich vor. Du solltest unbedingt bei Martin vorab Info einholen.«

»Einverstanden.«

* * *

Hans war mit seinen Aufräumarbeiten fertig. Alle Informationen befanden sich da, wo sie hingehörten, und in seinem eigenen Datenbereich war nichts mehr. Er lehnte sich zurück und verschränkte die Hände hinter dem Kopf.

Fertig. Wieder einmal. Wie oft war er in den letzten Wochen eigentlich ›fertig‹ gewesen?

»Hast du einen Moment Zeit?«

Hans sah sich um. Martin stand in der Tür und machte einen sowohl griesgrämigen als auch unsicheren Eindruck.

»Ja. Aber nur, weil Claudia nicht lockergelassen hat.«

»Wie genau soll ich das jetzt verstehen?«

Hans grinste. »Das überlasse ich deiner Fantasie. Können wir bitte zur Sache kommen?« Er zeigte auf den Stuhl auf der anderen Seite des Schreibtisches.

Martin setzte sich und legte die Arme auf den Schreibtisch. »Zuerst einmal: danke.«

»Wofür?«

»Für das, was du in den letzten Wochen hier geleistet hast. Und dass du mich nicht bei Helmut angeschwärzt hast.«

»Anschwärzen ist nicht mein Stil«, stellte Hans klar. »Wir mögen zwar persönlich unterschiedlicher Meinung sein, das hat mit dem Geschäft aber nichts zu tun.«

»Trotzdem danke. Und danke, dass du dich von Claudia hast breitschlagen lassen, noch mal über das Thema zu reden, weswegen wir im Streit auseinandergegangen sind.«

»Sonst werde ich sie ja nie los. Ich hasse es, Schulden bei anderen Menschen zu haben.«

»Kann ich verstehen.« Martin blieb neutral. »Claudia hat dir sicher gesagt, dass ich bereit bin, auf dich zuzugehen. Allerdings nur, wenn auch ich einen Sinn darin sehe.«

Hans ballte seine Hände zu Fäusten und entspannte sie wieder. Mehrere Male. »Wie soll ich an dich herankommen? Du hast einen Standpunkt, den man als dogmatisch bezeichnen könnte. Was erwartest du von mir, um deinen Standpunkt zu ändern?«

»Gute Frage.« Martin überlegte eine Weile, kam aber zu keinem Ergebnis. »Hätte nicht gedacht, dass es so schwer ist, eine sicher geglaubte Position aufzugeben.«

Hans nickte. »Darf ich dir einen Vorschlag machen?«

»Ja, klar. Schieß los.«

»Ich könnte mir folgendes Verfahren vorstellen. Unter der Voraussetzung, dass du hier, zumindest für eine Weile, einfach so tust, als ob du nicht recht hättest.«

»Wie meinst du das?«

Hans' Lächeln wurde breiter. »Du hast mich schon verstanden. Anstelle mit mir in Grundsatzdiskussionen zu verfallen, tust du einfach genau das, was ich dir sage. Aber nicht stur nach Ansage. Sondern so gut, wie du es hinbekommst.«

»Versteh ich nicht.«

»Hab ich mir gedacht. Und darum habe ich es dir aufgemalt«, antwortete Hans ironisch. »Ich habe vier deiner letzten Aktivitäten in unterschiedlichen Bearbeitungsständen zurückgelassen. Nummer eins brauchst du nur noch zu unterschreiben und abzuschicken. Nummer vier ist so, wie du es hast liegen lassen, aber sortiert. Nummer zwei und drei, die liegen dazwischen. Du fängst mit Nummer eins an. Dann hast du sofort ein Erfolgserlebnis.«

»Das Verfahren kenne ich.«

»Natürlich kennst du es. Es funktioniert, wenn du dich darauf einlässt, das weißt du ebenfalls. Ich programmiere dich neu. Und steige dir auf die Füße, wenn du versuchst auszuweichen.«

»Da fühle ich mich aber gegängelt.«

Hans sah Martin eisern an. »Das ist mein Angebot. Wenn du es ablehnst, dann bin ich in zehn Minuten raus aus deinem Leben.«

179

Martin lehnte sich zurück, verschränkte die Hände und sah zu Boden. »Du verlangst da eine ganze Menge.«

»Du bist der Chef hier. Es ist deine Entscheidung. Ich werde ganz sicher nicht an deinem Stuhl sägen. Das hätte ich mit weit weniger Aufwand tun können.«

»Da hast du sogar recht. Trotzdem.«

»Ich bin davon ausgegangen, dass du mit Claudia gesprochen hast. Habt ihr oder habt ihr nicht?«

»Doch! Haben wir! Aber ...« Martins Smartphone klingelte. »Moment. Martin Schleicher ... Hallo Lydia. Du, ich bin gerade in einer Besprechung, können wir später ... was? ... Ach du Scheiße! ... Ja ... ich kümmere mich sofort darum. Ich melde mich in zehn Minuten, ok?« Er beendete das Gespräch und sah Hans alarmiert an.

»Was ist? Du machst ein Gesicht, als ob Warte gestorben wäre!«

Martin winkte ab. »Nein. Das ist es Gott sei Dank nicht. Van Rhin hat auf Druck des Investors einen Ortstermin vereinbaren müssen. Und eine Begegnung der Geschäftspartner!«

»Ja und?«

»Erinnerst du dich noch an Wartes Vortrag zur Familiengeschichte? Ich befürchte, dass das Ganze hochpolitisch werden wird. Nicht nur im familiären Bereich.«

»Mag ja sein. Aber diese Begegnung ist sowieso unvermeidlich.«

Martin stimmte missmutig zu. »Wenn das schiefläuft, dann kommen als Nächstes einstweilige Verfügungen, Gerichtsprozesse, die Presse und was weiß ich nicht wer! Dann können wir das Projekt knicken, und im schlimmsten Fall werden wir nie erfahren, wie viel Text dieser Mao hinterlassen hat.«

»Du hast eine Idee, wie wir das umgehen können?«

Martin sah Hans verschlagen an. »Van Rhin hat den Termin auf Donnerstagnachmittag geschoben. Heute ist Montag.

Wenn du, Claudia und ich uns auf den Weg machen, dann können wir bis Donnerstag eine Menge geschafft haben. Helmut sagte, dass er einen Sinologen auftreiben kann.« Er sah auf die Uhr. »Jetzt ist es vier. Wir könnten in zwei Stunden eingepackt haben und losfahren. Dann wären wir gegen Mitternacht da und könnten morgen um acht mit Warte frühstücken. Lydia sagte, Warte würde uns gern einquartieren und versorgen. Ihm liegt daran, dass er einen Informationsvorsprung erhält.«

»Aber von der Schrift weiß er noch nichts?«

»Keine Ahnung. Er hat natürlich die Fotos, so wie van Rhin auch. Schließlich haben die ja auch dafür bezahlt.«

Hans wiegte den Kopf hin und her. »Das wird ein heißer Ritt. Auf wessen Seite stehen wir eigentlich?«

Martin grinste. »Zuerst einmal auf unserer. Aktuell sind wir die mit dem Wissen und der Übersicht.«

»Da habe ich Zweifel. Gut. Nehmen wir es als Arbeitshypothese.«

Martin sah Hans an. »Du bist also dabei?«

Hans erwiderte den Blick. »Hängt von dir ab. Deine Entscheidung.«

»Das ist Erpressung!«

Hans stand auf und streckte Martin seine rechte Hand entgegen. »Ja. Stimmt. Abgemacht oder nicht?«

Martin stand auf und hob seine Faust. Er öffnete sie und schlug ein. »Abgemacht.«

Sie drückten sich kräftig die Hände, und als sie losließen, taten sie ihnen weh.

Martin nahm sein Smartphone und rief Lydia zurück. Als er das Gespräch nach fünf Minuten beendete, strahlte er. »Lydia organisiert alles mit Warte. Die beiden scheinen sich gut zu verstehen. Ein Glück, das stärkt unsere Position.«

»Und deine bei Lydia«, konnte Hans nicht lassen zu ergänzen.

Martin nickte. »Ja, das auch. Ich werde Helmut den aktuellen Stand berichten. Falls wir Unterstützung brauchen.«

»Gute Idee. Was ist mit Claudia?«

»Kümmerst du dich bitte darum? Ich nehme an, dass sie zu Hause ist. Sie weiß, wo ich das Material habe. Dann soll sie sich hier mit uns treffen. Was ist mit dir?«

»Kein Problem. Meine Koffer sind gepackt und liegen im Auto.«

Martin sah ihn erstaunt an. »Ich hatte nicht gedacht, dass es dir so ernst ist.«

»Doch. Ich war darauf vorbereitet, dass du ablehnst.«

»Das hätte Claudia ziemlich unglücklich gemacht.«

»Meinst du?«

»Ist nur meine Meinung als unbeteiligter Mann. Ihr klärt das bitte ohne mich, ja?« Er verließ das Büro, um mit Helmut zu reden.

»Und wo soll ich jetzt Claudias Telefonnummer herkriegen? Du hast Nerven!« Hans war dabei, Martin hinterherzulaufen. »Moment! Da war doch was!« Er kramte nach seinem Smartphone. Ja! Glück gehabt. Wenn Claudia da nicht ran ging, konnte er ja immer noch Martin nach der Telefonnummer seines Hauses fragen. Nach dem vierten Klingeln nahm Claudia ab.

»Ja?«

»Claudia? Hans hier.«

»Hallo.« Überrascht.

»Martin hat mich gebeten, dich anzurufen.«

»Ach so.« Enttäuscht?

»Pass auf. Bei unserem Projekt hat sich eine neue Situation ergeben. Wir müssen los, um die Maschinen aufzunehmen. Am Donnerstag kommt der Chinese. Martin rechnet mit politischen Verwicklungen.«

»Was meinst du mit ›wir müssen sofort los‹?«

»Martin hat gemeint, du wüsstest, wo die Werkzeuge sind, und was er sonst auf Reisen mitnimmt.«

»Der würde ohne mich nicht mal ... lassen wir das. Ja. Weiß ich. Das soll ich ihm in die Firma bringen?«

»Er geht davon aus, dass du mitkommst. Passt das dir überhaupt?«

»Der hat Nerven!«

Hans hatte das Gefühl, dass diese Kritik nur rhetorisch war. Claudia schien sich vorbereitet zu haben.

»Ja, ok. Noch was?«

»Nein eigentlich ... Moment! Du sagtest letzte Woche etwas von einem Bildbearbeitungsprogramm. Wegen der Schriftzeichen.«

»Ja. Kein Problem. Bring ich mit. Wir sehen uns dann in etwa zwei Stunden.«

»Prima. Danke. Ich freue mich.«

»Ich mich auch.«

Das klang auch persönlich. Hans verdrängte den Gedanken.

* * *

Gegen halb sieben am Abend waren die Drei zur Abfahrt bereit. Der große Kombi bot genug Platz für die Reisenden und das umfangreiche technische Gepäck.

»Lasst euch Zeit und kommt gesund an«, mahnte Helmut. »Ich komme am Mittwoch, spätestens Donnerstagvormittag mit dem Spezialisten. Fangt keinen Streit an, und haltet euch aus der großen Politik heraus. Ich werde im Hintergrund ein paar meiner Kontakte aktivieren, damit wir nicht mit diplomatischen Verwicklungen rechnen müssen.«

»Ist es so ernst?«, fragte Hans.

»Ich weiß es nicht. Dieses Projekt ist sowohl interessant als auch ungewöhnlich. Bei so etwas wollen immer viele mitreden, an die man am Anfang nicht denkt. Deshalb werde ich schon jetzt anfangen, diese Leute auszubremsen. Ihr macht den technischen Teil, um den Rest kümmere ich mich.«

* * *

Auf der Autobahn wählte Martin eine gemütliche Reisegeschwindigkeit. »Dann könnt ihr arbeiten.«

»Deine Großzügigkeit kennt wieder einmal keine Grenzen«, lästerte Claudia.

»Ich weiß gar nicht, was du hast. Schließlich bezahle ich dafür, dass du dich mit uns beiden vergnügen kannst.«

Claudia streckte Martin die Zunge heraus. Sie klappte ihren Laptop auf. Nach einer Weile hatte sie die Einstellungen gefunden, die die verborgene Schrift am besten zeigten.

Sie zeigte sie Hans auf den Bildschirm. »Siehst du. Das ist sehr fein und exakt gearbeitet. Wer auch immer es war, ich beneide ihn um seine Schrift. Ich habe einmal einen Kurs belegt. Diese Technik gehört nicht zu dem, was ich gut kann. Malen von mir aus. Aber Kupfer- und Stahlstiche? Dafür habe ich ein CAD-Programm.«

»Diese Auswahl hatte Mao wohl nicht.«

»Sicher. Trotzdem glaube ich, dass er sich eines Werkzeugs bedient hat. So was wie ein Storchschnabel vielleicht. Die Zeichen sind so klein, dass wir sie nur deshalb sehen, weil du so hochauflösende Fotos gemacht hast. Wenn sich niemand die Bilder in Vergrößerung ansieht, zum Beispiel nur auf diesem Bildschirm«, sie zeigte auf den Laptop, »dann wird man es für Rost halten.« Sie gähnte.

»Gehen wir noch die anderen durch?«, fragte Hans.

»Ja. Von mir aus. Aber nicht mehr zu lange. Mir fallen gleich die Augen zu.«

Nach einer Stunde gab Claudia auf. »Tut mir leid. Bei den

anderen Fotos, die infrage kommen, lässt sich das nur vermu-
ten. Da ist eine Schutz- oder Schmutzschicht drauf. Die müsst
ihr entfernen. Wie gut ist dieser Warte denn mit Monitoren
ausgestattet?«

»Keine Ahnung. Wir haben beim letzten Mal alles selbst
mitgebracht.«

Claudia klappte den Rechner zusammen und packte ihn
ein. »Sorry. Feierabend. Machen wir eine Pause?«

»Ja, wir sollten uns etwas die Beine vertreten. Danach fahre
ich durch.«

* * *

Sie nahmen einen Imbiss an der nächsten Raststätte.

»Moment!«, rief Hans, als sie wieder einsteigen wollten.

»Was ist?«, fragte Martin.

»Ich brauch noch was aus meinem Gepäck.«

»Hat das nicht Zeit?«

»Dauert nicht lange. Mach einfach den Kofferraum auf.«

Hans kramte in seinem Koffer. »Da ist es ja!« Er schloss
den Koffer und klappte die Kofferraumklappe zu. »So. Wir
können.«

Als sie wieder auf der Autobahn waren, reichte Hans Martin
einen Keks. Er nahm ihn, kaute darauf herum. »Wenn du
mich fragst, ich hab schon bessere gegessen. Erinnert mich an
Vogelfutter. Versuchst du damit deinen Raben zu vergiften?«

Claudia musste unterdrückt lachen. Ihr Prusten ging in ein
Schluchzen über.

»Was hast du?«, fragten Hans und Martin gleichzeitig.

Claudia schnappte sich die Kekspackung. »Idiot!«, flüsterte
sie, drehte sich zum Fenster und stopfte sich den Mund voll.

»Erklärt mir mal einer das?«, fragte Martin.

185

»Nein«, gab Hans betroffen zurück. »Da gibt es nichts zu erklären.«

»Wenn du meinst.«

Claudia hatte sich an die Kopfstütze gelehnt und war eingeschlafen. Sie rutschte zur Seite. Hans packte die Laptops nach rechts und schnallte sich in der Mitte an. Er legte Claudia den Arm sanft um die Schulter.

»Wenn du jetzt sagst, dass es nicht das ist, wonach es aussieht, kannst du die Reststrecke laufen«, brummte Martin.

* * *

Kurz nach Mitternacht erreichten sie das Warte-Anwesen.

Hans rüttelte Claudia sanft an der Schulter. »Wir sind da.«

Claudia schlug die Augen auf und sah sich verschlafen um. »Was? Wo?«

Hans räusperte sich und nahm seinen Arm wieder zurück. »Am Ziel.«

Sie wurden erwartet. Der Eingang des Herrenhauses war in helles Licht getaucht. Sie stiegen aus. Warte begrüßte sie warmherzig.

»Danke, dass Sie sich so schnell entschieden haben. Ehrlich gesagt, ich bin auf der einen Seite unzufrieden, dass van Rhin mir diesen Termin aufgezwungen hat. Auf der anderen kann ich aber die Ungeduld der anderen Seite verstehen. Lassen Sie uns das Beste daraus machen. Wenn Sie etwas brauchen, dann sagen Sie es bitte sofort. Frau Maurer und ich werden Sie in allen Belangen unterstützen.«

Claudia musterte Lydia. Dann ging sie auf Lydia zu und begrüßte sie sehr freundschaftlich. »Ich bin Claudia, Martins kleine Schwester. Martin hat mir erzählt, dass er ohne Ihre Unterstützung ziemlich aufgeschmissen gewesen wäre.«

Lydia lächelte zurückhaltend. »Das ist übertrieben. Es ist eher so, dass wir zusammen einer interessanten Sache auf die Spur gekommen sind.«

»Die wir zusammen weiter erforschen werden«, ergänzte Martin. »Claudia ist für die textilen Produkte zuständig.« Er gähnte. »Aber nicht jetzt. Seien Sie uns nicht böse, Herr Warte, aber wir würden uns gern zurückziehen und noch ein paar Stunden schlafen.«

»Es ist alles vorbereitet. Ich zeige Ihnen, wo Sie es sich bequem machen können. Allerdings müssen Sie sich Bad und Toiletten teilen«, meinte er entschuldigend.

»Kein Problem.«

»Herr Warte war so freundlich, mich auch einzuquartieren«, erwähnte Lydia.

»Ich denke, kurze Wege sind in Ihrem Sinne.«

»Auf jeden Fall. Vielen Dank.«

Sie brachten ihr Gepäck ins Haus. Martin stellte den Wagen in die Garage. Nach kurzer Diskussion losten sie die Badebenutzung aus.

Als Claudia an die Zimmertür klopfte, machte Hans sofort auf.

»Sei froh, dass ich Munin nicht mitgebracht habe«, neckte Claudia. »Du hättest keine Chance, ins Bad zu kommen.«

Hans lächelte. Dann wurde er ernst und hielt Claudia mit beiden Händen auf Armeslänge von sich. »Es tut mir leid wegen vorhin.«

»Was meinst du?«

»Ich wollte dich nicht verletzen. Im Auto. Du weißt schon.«

Claudia befreite sich vorsichtig. »Ist das alles, was dir dazu einfällt?«

Hans sah zu Boden. »Nein. Aber das ist jetzt nicht der richtige Zeitpunkt dafür.«

»Hans?«

»Ja.«

»Bedeute ich dir irgend etwas?«

Hans zögerte. Dann sah er auf. »Du bedeutest mir irgend etwas. Können wir es, für den Moment, dabei belassen?«

»Ich verstehe, was du meinst. Ich werde mich dir nicht aufdrängen. Aber können wir nicht versuchen, wenigstens Freunde zu werden? Das würde mir manches leichter machen.«

»Bist du sicher?«

»Ja, verdammt!« Claudia wollte sich umdrehen.

Hans hielt sie auf und nahm sie sanft in den Arm. Es fühlte sich besser an, als er zugeben wollte. »Ich werde nichts versprechen, von dem ich nicht weiß, ob ich es einlösen kann. Aber ich werde ehrlich zu dir sein. Ist das akzeptabel für dich?«

»Du hast einige Entscheidungen noch nicht getroffen, nicht wahr?«

»So ist es.«

»Am Wochenende bei Munin?«

»Ist sie denn noch da am Wochenende? Du sagtest, sie sei schon viel selbstständiger geworden.«

»Das ist irrelevant. Versprich es!«

»Wenn wir hier rechtzeitig wegkommen. Einverstanden.«

Claudia löste sich und machte sich auf den Weg zu ihrem Zimmer. Sie blieb kurz stehen und drehte sich um. »Hans?«

»Ja?«

»Vergiss die Kekse nicht.«

* * *

Am Morgen weckte sie ein Vogelkonzert, für das Liebhaber eine Menge Geld gezahlt hätten. Es war kalt, hell und klar, und es versprach ein arbeitsreicher und interessanter Tag zu werden. Wartes Angestellte hatten das Frühstück aufgebaut. Alle langten mit gutem Appetit zu.

Martin sah Claudia belustigt an, als sie sich eine zweite Portion Rührei auftat.

»Was?«

»Nichts. Was soll sein? Außer, dass das üblicherweise deine Wochenration ist. Nicht, dass man es dir ansehen würde.«

»Und ihr lebt im selben Haus?«, fragte Lydia und runzelte spielerisch die Stirn.

Claudia lachte. »Wir sind so viel unterwegs, dass wir Termine ausmachen, wenn wir uns sehen wollen.«

»Wirklich?«

»Nein. Ich habe übertrieben. Martin ist der Reiselustigere. Was ist mit Ihnen, Lydia?«

»Wir können uns auch duzen, wenn es recht ist.«

»Prima«, unterbrach Martin. »Nachdem wir uns jetzt alle schrecklich lieb haben: Können wir die Arbeit planen?«

»Beim Essen?«

»Ja. Ich möchte in die Runde fragen, wie wir die nächsten zweieinhalb Tage am effektivsten verbringen können. In der Fabrik stehen fünfzehn Maschinen. Dienstag zehn Stunden, Mittwoch zehn Stunden, Donnerstag maximal der Vormittag. Dienstag und Mittwochnachmittag bis zum Nachtessen sind Auswertung und Aufbereitung dran. Schlaf nach Vorschrift, damit wir ausgeruht weitermachen können. Lydia, ich nehme an, dass du die Strukturierung der Ergebnisse übernimmst?«

Lydia nickte. »Das bekomme ich hin. Allerdings kenne ich mich nicht besonders gut mit technischen Details von Maschinen aus. Da erwarte ich schon außer den Fotos etwas Text, der über Stichworte hinausgeht.«

»Das ...«

»Ist kein Problem«, ergänzte Hans den Satz. »Wir werden uns ein wenig einspielen müssen, nicht wahr?«

Martin nickte. »Das klären wir gleich in der Fabrik. Claudia kann mit fotografieren, oder ausschließlich. Kommt darauf an, wie gut wir vorankommen. Was ist mit den Textilmustern, Herr Warte?«

»Die Muster sind mir lieb und teuer. Seien sie mir nicht böse, aber ich bin da ein wenig skeptisch.«

Claudia nickte zustimmend. »Trotzdem würde ich gern einige Proben sehen und auch anfassen wollen. Natürlich nicht mit den bloßen Händen.« Sie sah Warte fragend an. »Für detailliertere Aufnahmen muss das Material auf jeden Fall bewegt werden. Geht das, oder ist es in einem zu schlechten Zustand?«

»Ich denke, es wird gehen«, entschied Warte. »Wir versuchen es.«

»Danke!« Claudia lächelte Warte warm an.

Martin klatschte in die Hände. »Dann wäre ja alles geklärt. Hans, wir gehen vor und schauen, ob wir in der Fabrik eine Heizung zum Laufen bekommen.«

Als sie innen am Generator standen, nahm Martin Hans zur Seite. »Was sollte das denn eben beim Frühstück?«

»Entsprechend unserer Vereinbarung. Was dagegen?«

»Eigentlich schon. Aber meinetwegen. Wie versprochen.«

»Du hast eines übersehen«, erwähnte Hans.

»Und das wäre?«

»Lydia.«

Martin sah Hans überrascht an. »Wieso?«

»Ich will dir nicht reinreden, und tue es deshalb. Wenn du sie wie deine Assistenzen behandelst, dann ist sie schneller weg, als du blinzeln kannst. Abgesehen davon, dass du eventuell mehr im Sinn hast als die Arbeit, würde uns ein wichtiges Team-Mitglied fehlen.«

Martin stimmte zu. »Das sehe ich ein.«

Nach einer halben Stunde am Generator gaben sie ihre Bemühungen auf, ihn in Betrieb zu nehmen.

»Bringt nichts!«, stellte Hans fest. »Uns fehlen zu viele Ersatzteile, angefangen vom Treibriemen. Schade, ich bin mir sicher, dass der Gleichstrom erzeugt. Warte soll ein paar starke Autobatterien auftreiben. Wir legen einfach ein Kabel aus dem Haus hier hin. Dann können wir wenigstens den Bereich heizen, an dem wir gerade arbeiten.« Er machte sich ein paar Notizen. »Am Nachmittag kann Warte sein Personal zum Einkaufen schicken.«

Sie hatten sich geeinigt, die Maschinen in der Reihenfolge des geschätzten Alters zu untersuchen, die älteste zuerst. Was sie feststellten, war, dass alle Maschineninnereien mit Abdeckungen gleicher Bauart verkleidet waren.

»Ob Mao die DIN erfunden hat?«, scherzte Martin.

»Nicht dass ich wüsste.«

Sie montierten die Metallplatten ab und stießen, wie vermutet, auf eine Deckschicht auf der Innenseite der Verkleidungen. Martin fuhr mit dem Handschuh darüber. »Sieht aus wie irgendetwas zwischen Wachs und Öl. Wir sollten das später untersuchen lassen.«

»Ein Arbeitsschritt mehr, aber ok. Holen wir Claudia und Lydia dazu?«

»Lass die erst einmal drinnen die Dinge ansehen.«

»Ok. Dann fang ich jetzt mit Fotografieren an.«

* * *

Hans lichtete die Innereien der Maschine ab. »Du meine Güte!«, rief er erstaunt aus. »Beim letzten Mal hatte ich nicht die Zeit, näher ranzugehen. Martin, schau dir das mal an! Die Teile sehen aus wie aus einem Steampunk Roman!«

»Wie meinst du das denn?« Martin kam näher und betrachtete gebannt, was sich nun, gut ausgeleuchtet, dem Blick bot. »Du hast recht. Schau mal da. Ich glaube, dort kann ich etwas ausbauen, ohne den Rest zu beschädigen. Das seh ich mir genauer an. Machst du mit den Abdeckungen weiter?«

Es stellte sich heraus, dass sich der Schutzauftrag ohne Probleme wieder mit einem Pinsel aufbringen ließ. Hans packte eine Probe in ein mitgebrachtes Gefäß.

»Von diesen Maschinen habe ich schon einige gesehen«, lobte Martin. »Aber keine, die so exakt gefertigt war. Wenn das Ding nicht so alt wäre, dann würde ich behaupten, dass jemand von uns hier herumgeschraubt hat.« Er maß das ausgebaute Zahnrad nach. »Unglaublich! Das ist exakt wie in einer Uhr. Wenn du mich fragst: Da hat jemand sich die Arbeit gemacht, eine Maschine zu kaufen, um dann alle Teile entweder zu verbessern, oder in besserer Qualität nachzufertigen.«

»Warum?«

»Ich denke, um zu zeigen, dass er es kann. Wirtschaftlich sinnvoll ist es wohl nicht gewesen.«

»Würde ich nicht so sagen«, widersprach Hans. »Ich glaube immer mehr, dass dieser chinesische Investor ein sehr gutes Geschäft machen wird.« Er nahm das Zahnrad und hielt es gegen das Licht. »Mich würde interessieren, ob es die Werkzeuge, die dieser Mao dazu entwickelt haben muss, noch gibt. Und wo. Vielleicht hat Warte noch einiges in seinem Fundus, von dem er gar nicht weiß, wie wertvoll es ist.«

»Ich habe es mir notiert.«

* * *

Die zweite Maschine, die sie am Vormittag schafften, befand sich in ebenso gutem Zustand wie die erste.

»Ob wir eine davon zum Laufen bekommen?«, fragte Hans.

»Schwer. Soweit wir sehen, ist die Mechanik in Ordnung. Aber die Wasserkraftanlage kriegen wir in der Zeit nicht repariert. Schade.«

»Können wir da nicht was improvisieren?«

»Lass uns heute Abend darüber sinnieren. Abgesehen davon habe ich noch kein Betriebshandbuch gesehen.« Hans zeigte auf die Abdeckung. »Da vielleicht?«

Martin grinste. »Mein Chinesisch hat in letzter Zeit nachgelassen. Wie ist es bei dir?«

»Da sagst du was. Das kommt auch noch auf uns zu.«

»Ja. Aber irgendwie freue ich mich darauf.«

* * *

Zum Mittag kehrten sie ins Haus zurück. Lydia und Claudia bekamen ihren ersten Schwung Fotos.

Warte gesellte sich kurz zu ihnen, musste die Frage nach dem Vorhandensein von Werkzeugmaschinen aber verneinen. »Die sind alle im Krieg abtransportiert worden, tut mir leid. Mein Vater hat nicht einmal eine Quittung dafür bekommen.«

»Ich stelle mir das spannend vor«, sagte Lydia. »Da stehen jetzt irgendwo in Deutschland oder sonst wo auf der Welt wahrscheinlich ein paar Teile herum, mit dem Reichsadler auf der einen und ›Made in China‹ auf der anderen Seite. Verrückt!«

»Ja. Völlig«, lachte Warte. »Und sehr interessant dazu.«

* * *

Nach dem Essen gab es einen kurzen Disput, wie weiter zu verfahren sei. Man einigte sich darauf, zuerst die beschafften Heizgeräte zu installieren und am späten Nachmittag in zwei Gruppen die Fotos durchzugehen.

»Lydia hat ein paar wunderbare Templates. Du wirst sie dafür hassen«, warnte Claudia Martin mit einem süffisanten Lächeln.

Martin warf einen Blick zu Lydia, dann zu Hans. »Wenn es denn der guten Sache dient, meinetwegen.« Den irritierten Blick Lydias ignorierte er wohlweislich.

Hans fragte Warte, ob er bereit wäre, ein paar leistungsfähige Elektromotoren zu finanzieren.

»Das ist kein Problem. Aber wie bekommen wir den Strom in die Fabrik? Das Wasserkraftmodul bekommen Sie nicht repariert, und die Elektroinstallation dort ist auch nicht wirklich VDE konform.«

Claudia hatte eine Idee. »Gibt es in der Umgebung so etwas wie einen Maschinenpark-Verleih?«

Lydia sprang ein. »Ich frage im Rathaus. Eventuell haben die Kollegen vom Bauhof etwas da. Falls nicht, dann finden wir bestimmt in der Umgebung eine Maschinen-Verleihfirma. Was meinen Sie, Herr Warte?«

»Gut. Machen wir es so. Ich denke, dass sich das geplante Geschäft sowieso nicht mehr lange geheim halten lässt.«

»Dann brauchen wir noch etwas«, warf Martin ein.

»Ja? Das wäre?«, wollte Warte wissen.

»Luftmatratzen und Schlafsäcke. Hans und ich werden in die Fabrik umziehen, bis van Rhin da war. Ich möchte nicht, dass da jemand nachts herumschleicht und unsere Arbeit erschwert.«

* * *

»War das nicht ein wenig übertrieben?«, fragte Hans, als sie sich am späten Abend in der Fabrik einquartiert hatten. »Wir sind doch nicht in einem Krisengebiet.«

»Nein, das nicht. Aber van Rhin hat mir zwischen den

Zeilen gesagt, dass sein Kunde ein Nicht-Zustandekommen des Geschäftes nicht als Option ansieht.«

»Du meinst, die kommen bei Nacht und Nebel und stehlen die Fabrik? Übertreibst du es da nicht ein wenig mit dem Chinesen-Prinzip?«

Martin lachte. »Nein. Das glaube ich auch nicht. Aber egal. Wir wissen nicht, ob jemand vorbeikommt, um nachzusehen. Aber wenn dieser jemand etwas mitnehmen will, dann muss der auch uns mitnehmen.«

»Und was sollte den hindern, das zu tun?«

»Zum Beispiel, dass es live übertragen wird?« Martin zeigte an zwei Stellen im Gebäude. »Ich habe mir erlaubt, ein paar Webcams zu installieren. Das wird alles auf Claudias Laptop gestreamt.«

»Gut. Dann sage ich jetzt nichts mehr ohne meinen Anwalt.«

»Ich hoffe, du redest nicht im Schlaf.«

»Ich auch.«

* * *

Der folgende Tag verlief ruhig und sehr arbeitsreich. Am Nachmittag traf der Generator ein. Warte überwachte den Aufbau und hatte ein paar gute Ausreden parat, warum er den Generator jetzt brauchte und warum niemand die Fabrik betreten sollte. Als sie wieder unter sich waren, brachte er aber Zweifel zum Ausdruck, dass sie lange ungestört sein würden. »Immerhin ist es mein Besitz, und es gibt ein Tor am Eingang, was man verschließen kann. Aber die Leute sind es gewohnt, dass ich diese Dinge nicht allzu eng sehe, solange niemand etwas kaputtmacht. Die Fabrik war ein Abenteuerspielplatz für Generationen.«

»Aber nie innen?«

»Nein, nie.« Warte lächelte in Erinnerung. »Das Erste mal, als ich hineindurfte, war ich zehn. Ich weiß noch genau, wie stolz mein Vater mich da herumgeführt hat. Ich habe nur die Hälfte von dem verstanden, was er erzählt hat. Maschinen waren nicht meine Welt.«

»Und Sie hatten nie das Bedürfnis, sich das mal heimlich anzusehen?«, fragte Claudia.

»Doch, natürlich. Aber um heimlich hineinzukommen, hätte ich etwas zerstören müssen. Man sieht es dem Gebäude nicht sofort an, aber diese filigranen Fensterkreuze sind massiv wie Gefängnisgitter. Wir haben oft auf dem Gelände und im überdachten Eingangsbereich gespielt oder im Materialschuppen. Alles andere war und blieb ein großes Geheimnis. Ich habe es genau so bei meinen Kindern gemacht.«

* * *

Am Donnerstagmorgen schlossen Martin und Hans die erste Maschine an die improvisierte Kraftstation an. Hans hatte alles geprüft und geölt und sich davon überzeugt, dass die Leitungen ausreichend isoliert waren. Nun standen sie gespannt vor dem Ergebnis.

»Herr Warte: Übernehmen Sie bitte?«, fragte Martin.

Warte atmete tief ein. »Das ist ein komisches Gefühl, wissen Sie? Dieser Teil meiner Familiengeschichte liegt seit über einhundert Jahren da wie tot. Ich hätte nicht erwartet, dass er jemals wieder zum Leben erweckt werden wird.«

»Manchmal bedarf es halt einer guten Idee. Und des richtigen Anstoßes«, sagte Claudia.

Lydia hielt Martins Hand. Hans kam sich verloren vor.

Warte räusperte sich. »Nun denn.« Er legte vorsichtig einen Schalter um. Der Motor setzte sich mit einem leisen Brummen in Bewegung.

»Bis hierhin sieht es sehr gut aus«, kommentierte Hans. »Die Maschine befindet sich im Leerlauf. Wenn ich es richtig interpretiere, dann können Sie mit dem Handrad die Geschwindigkeit einstellen.« Er sah Warte aufmunternd an.

Warte nahm das Rad in beide Hände und zögerte. Dann drehte er es entschlossen und langsam nach rechts. Ein leises Klackern und Knirschen war zu hören, und die Mechanik des Webstuhles setzte sich langsam in Bewegung.

»Es funktioniert!«, flüsterte Warte begeistert. »Es funktioniert.«

Das Knirschen wurde lauter; am anderen Ende brachen einige Materialaufnehmer ab. Warte drehte das Rad wieder zurück und schaltete den Motor aus. »Schade. Funktioniert wohl doch nicht.«

Martin war mit Hans zur Unglücksstelle gelaufen. Nach einigen Minuten des Untersuchens kamen sie zurück.

»Ist nichts Schlimmes passiert. Die abgebrochenen Teile gehören nicht zur eigentlichen Maschine und können leicht ersetzt werden. Ehrlich gesagt bin ich überrascht, wie gut der erste Versuch gelaufen ist. Da habe ich schon ganz andere Sachen erlebt.« Er klatschte in die Hände. »Gut. Wir sind hier so weit, wie man in der Zeit kommen konnte. Hans und ich werden noch aufräumen, damit van Rhin und sein Kunde einen ordentlichen Eindruck bekommen. Claudia: Hast du mit den Fotos etwas anfangen können, was die Schrift angeht?«

Claudia nickte. »Nachdem mir klar war, wonach ich suchen muss, ging es recht schnell. Ich denke, dass die meisten Schriftzeichen gut zu erkennen sind. Muss jetzt nur noch jemand kommen, der die lesen kann.«

Spread your Wings

Als sie am Nachmittag zusammensaßen und die Ergebnisse der letzten Tage besprachen, hielt ein Wagen vor dem Haus.

»Schade«, sagte Lydia, die die Auffahrt im Blick hatte. »Der Wagen hat ein ausländisches Kennzeichen. Tschechien, wenn ich es richtig erkannt habe.«

»Die verlieren wirklich keine Zeit.« Martin stand auf und ging zum Fenster. »Ja. Es ist van Rhin. Er hat den Chinesen mitgebracht.«

Sie gingen in den Eingangsbereich, um die Ankömmlinge zu begrüßen. Hans und die anderen hielten sich im Hintergrund, als van Rhin die Geschäftspartner einander vorstellte. Der Chinese, ein mittelgroßer, breitschultriger Mann um 50, stellte sich als Lien Tang vor. Hans bemerkte, dass die Begrüßung zwar korrekt, aber ziemlich frostig ausfiel. Sie gaben sich die Hand. Nach ein paar Höflichkeitsfloskeln bat Warte die neuen Gäste, sich mit ihm in ein vorbereitetes Besprechungszimmer zurückzuziehen. Van Rhin stellte Herrn Tang noch das Projektteam und Lydia vor.

»Wie weit sind Sie mit ihren Bemühungen gekommen?«, fragte Tang in fast akzentfreiem Deutsch.

Martin war überrascht. »Von der technischen Seite her ist es viel besser, als wir am Anfang erwartet hatten. Wenn Sie vielleicht später ein wenig Zeit haben, wäre es mir eine Ehre, Ihnen die Dinge vor Ort zu zeigen.«

»Vielen Dank für das Angebot.« Tang blieb neutral.

Als sie unter sich waren, fragte Lydia: »Wieso hast du ihm eine Besichtigung angeboten? Hätte Warte das nicht machen müssen?«

»Ich glaube, Warte hat es verstanden«, gab Martin zurück. »Ich will seinen Blick erst einmal auf das Blech lenken. Hoffentlich kommt Helmut bald mit dem Spezialisten. Habt ihr gesehen, wie die beiden sich fixiert haben?«

»Ja. Da geht es ganz sicher nicht nur um Geld«, vermutete Claudia.

Lydia äußerte noch einen anderen Gedanken. »Ist euch eigentlich aufgefallen, dass Warte und Tang sich ähnlich sehen? Nicht, dass man Warte für einen Asiaten halten würde.«

»Er hat ja gesagt, dass er aus der chinesischen Familienlinie stammt«, antwortete Hans.

Martins Smartphone meldete sich. Nach einem kurzen Telefonat atmete er erleichtert auf. »Helmut kommt in etwa zwei Stunden mit dem Sinologen. Wir sollen die Schriftfotos so gut es geht vorbereiten. Der hat gut reden.«

»Darf ich einen Vorschlag machen?«, fragte Lydia.

»Natürlich, immer«, sagte Martin.

»Auch wenn wir die Schrift nicht lesen können, so können wir doch als Arbeitshypothese davon ausgehen, dass die Texte in der Reihenfolge erstellt wurden, in denen die Maschinen angeschafft wurden, oder?«

»Nicht zwingend. Aber es ist naheliegend«, meinte Hans.

»Gut. Dann können wir die Fotos zumindest in dieser Reihenfolge gruppieren.«

* * *

Als Helmut mit dem Spezialisten ankam, war von Warte und seinen Geschäftspartnern noch nichts zu sehen. Martin ließ Helmut und den schlanken, hoch aufgeschossenen Mann ein, der sich als Klaus Lange vorstellte.

»Eigentlich arbeite ich im diplomatischen Dienst. Aber das historische China des 19. Jahrhunderts ist mein Hobby.«

»Die Herren sind noch im Gespräch«, erklärte Martin. »Ich schlage vor, dass wir uns hier zusammensetzen und Sie einen ersten Blick auf die Schriften werfen? Wir sind sehr neugierig, worum es da überhaupt geht.«

»Einverstanden.«

Sie setzten sich um den Tisch, und Lydia bediente die Präsentation.

»Sehen Sie einen Anhaltspunkt, wie man die Dokumente in die richtige zeitliche Reihenfolge bringen könnte, Herr Lange?«

»Ja. Ich denke schon. Erstaunlich. Sind Sie sicher, dass die mit der Hand gestochen wurde?«

»Wir wissen es nicht«, gab Martin zu. »Die Exaktheit ist uns allerdings auch schon aufgefallen. Können Sie es lesen?«

»Ja. Von der Sprache her stammt es auf jeden Fall aus dem 19. Jahrhundert. Hier hat jemand viel Arbeit aufgewendet. Erstaunlich.«

»Was ist erstaunlich?«, wollte Claudia wissen.

»Der Text ist gegliedert. In einen technischen Teil und in einen persönlichen. Ich kann es in der kurzen Zeit nur überfliegen, aber es sieht für mich wie ein Tagebuch aus. Briefe, die nie geschickt oder nie beantwortet wurden. Helmut hat mich grob über die Familiengeschichte der Wartes informiert. Welchem Beruf ist dieser Mao eigentlich nachgegangen? Was hat er gelernt?«

Martin zuckte mit den Schultern. »Keine Ahnung. Das wurde nie erwähnt.«

Draußen war ein erregtes Gespräch zu hören. Die Tür ging auf, und van Rhin kam herein. Er machte einen unzufriedenen Eindruck.

»Was ist denn?«, wollte Martin wissen.

Van Rhin sah sich um und schwieg.

»Entschuldigung. Wir haben uns noch Unterstützung besorgt. Darf ich vorstellen: Helmut Schneider. Ihm gehört das Unternehmen, für das wir arbeiten. Klaus Lange, der uns bei den fremdsprachlichen Dokumenten hilft.«

Van Rhin sah aus wie jemand, der Hoffnung schöpft. »Sprechen Sie chinesisch?«, fragte er Lange.

»Beinahe muttersprachlich. Warum?«

Van Rhin atmete auf. »Weil die Herren Warte und Tang sich seit zehn Minuten auf Chinesisch anbrüllen und ich nicht weiß, worum es dabei geht. Darf ich Sie in aller Unverschämtheit bitten, mich zu unterstützen?«

Lange sah sich um. Helmut nickte. »Ja, natürlich. Ohne die beiden wird nichts laufen. Wir sind nur Statisten.«

Als sie den Raum verlassen hatten, fragte Hans Helmut. »Du lässt dem aber ganz schön freie Hand.«

Helmut nickte. »Da er jetzt draußen ist, kann ich es ja verraten. Lange hat die Aufgabe, zu prüfen, inwieweit hier Kulturgüter betroffen sind. Diese Schriften sind auf jeden Fall ein interessanter Teil Geschichte. Da soll er sich ruhig gleich hineinstürzen. Was die Technik angeht, die würde ich mir gern einmal ansehen, solange die sich noch streiten.«

Sie gingen zur Fabrik hinüber und ließen den Damen den Vortritt. Hans, Helmut und Martin blieben etwas zurück.

»Das ist doch nicht alles, oder«, raunte Hans Helmut zu.

»Das Gelände wird seit Dienstag überwacht. Herr Lange erzählte mir nicht, dass in den letzten Tagen in dieser Gegend erheblicher Verkehr von Fahrzeugen mit diplomatischen

Kennzeichen stattgefunden hat, was ich euch nicht gesagt habe.«

»Warum das Ganze?«, fragte Martin.

»Geschichte. Eventuell gemeinsame, bisher unbekannte Geschichte. Es wird geprüft, wie damit umzugehen ist. Mehr weiß ich auch nicht.«

»Dann beschränken wir uns jetzt auf den offiziellen Teil.«

Martin übernahm die Führung. Helmut und die beiden Frauen zeigten sich beeindruckt. Besonders Claudia strahlte. »Warte hat am Ende doch die Textilmuster herausgerückt. Wenn ihr mich fragt, dann wird dieser Tang ein Bombengeschäft machen. Schade, dass so etwas hier in Deutschland kaum nachgefragt wird«, sagte sie nachdenklich.

»Das gilt auch für China. Aber da sind es halt gleich ein paar mehr«, erwiderte Helmut.

»Und das Know-how bleibt uns ja erhalten. Ich könnte mir sogar vorstellen, dass sich einiges hiervon weiterentwickeln wird«, ergänzte Hans.

»Je nachdem, wie die beiden Herren zurechtkommen. Übrigens, habt ihr es auch mitbekommen?«

»Was?«, fragte Martin.

»Van Rhin hat gesagt, dass die beiden sich auf Chinesisch anbrüllen. Warte hat uns ganz schön im Dunkeln gelassen. Ich wette, dass er auch die Fotos lesen konnte.«

»Was meinst du damit?«, fragte Helmut.

»Ich meine damit, dass dieser Herr Tang vielleicht versucht hat, Warte seine Version der Familiengeschichte zu verkaufen. Die möglicherweise nicht ganz mit den Aufzeichnungen Maos konform ist.«

»Wenn er das wirklich getan hat, dann hat er sich in eine denkbar schlechte Verhandlungsposition gebracht«, stellte Helmut fest. »Gut. Wir werden es heute noch von Herrn

Lange erfahren. Was machen wir jetzt mit dem angefangenen Nachmittag?«

Hans sah ihn schräg an. »Nachmittag? Na gut. Da wir jetzt mindestens drei Ingenieure hier haben, wie wäre es, wenn wir uns um den alten Generator kümmern? Wir müssen uns nicht die Füße in den Bauch stehen, bis die da oben fertig sind.«

»Und wir?«, fragte Claudia mit Blick auf Lydia.

»Ich schlage vor, dass ihr die Fotos weiter durchgeht und uns vorwarnt?«, schlug Hans vor.

Lydia nickte. »Immer das Gleiche. Spielzeugeisenbahnsyndrom heißt das, glaube ich. Befällt gelegentlich auch Frauen. Sag mal, Martin hat mir da was von einem Raben erzählt, den Hans besitzt?«

Hans holte tief Luft. »Ich besitze keinen Raben. Ich habe nie einen besessen und ich werde auch nie einen besitzen. Dass das mal klar ist.«

Claudia lächelte Hans hintersinnig an. »Er hat recht. Es ist eigentlich umgekehrt. Ich wollte es zuerst auch nicht wahrhaben.«

»Wir sehen uns bestimmt mal im Dunkeln«, grollte Hans gespielt.

»Kann es kaum erwarten«, war die schnippische Antwort.

»Komm, Lydia. Da gibt es wirklich einiges zu erzählen.«

»Claudia?«

»Ja, Hans?«

»Bleib bei der offiziellen Version, bitte.«

Claudia verstand den Wink. »Einverstanden. Die ist aber aufregend genug, finde ich.«

Als sie gegangen waren, schüttelte Martin den Kopf. »Muss ich das jetzt verstehen?«

»Nein. Das war jetzt wirklich sehr privat.«

»Dann lasst uns anfangen, bevor ich mir Gedanken mache.«

* * *

Als die anderen die Fabrik betraten, bot sich ihnen ein interessanter Anblick. Der Generator war, soweit die Teile von drei Männern bewegt werden konnten, zerlegt worden und lag ausgebreitet auf dem Boden. Im Maschinengehäuse waren laut diskutierende Stimmen zu hören. Warte ging hin und machte auf sich aufmerksam.

Hans steckte den Kopf heraus. »Ah, da sind Sie ja. Eine Frage. Lässt sich der Bach wieder zum Wasserrad leiten? Der Generator sollte sich mit vertretbarem Aufwand wieder in Betrieb lassen.«

Warte überlegte. »Im Prinzip schon. Da müsste der Wasserlauf allerdings vorher repariert werden. Warum?«

»Wir diskutieren gerade, wie viel Energie dieser Generator wohl geliefert hat oder liefern würde.«

»Oh. Das ist eine Menge. Mein Vater erzählte mir, dass auch das Haus bis weit in die 30er Jahre damit versorgt wurde, als die Fabrik schon lange stillstand. Dann kam die offizielle Elektrifizierung zu uns.«

»Sie waren bis dahin mit Gleichstrom versorgt, nehme ich an? Seit etwa 1880?«

»Wenn Sie es sagen.«

Helmut räusperte sich und sah hinter Warte.

Warte nickte. »Ja, natürlich. Ich muss mich bei Ihnen bedanken, Herr Schneider und Herr Lange. Ohne die Intervention von Herrn Lange hätten Lien und ich uns wahrscheinlich in unseren Traditionen festgebissen.«

Herr Lange deutete eine Verbeugung an. »Es ist mir eine Ehre, beim Ausräumen der Missverständnisse hilfreich gewesen sein zu können.«

»By the way: Sie haben uns ganz schön hinters Licht geführt, Herr Warte«, sagte Hans.

Warte gab es zu. »Sehen Sie: Misstrauen gegenüber anderen hat in meiner Familie Tradition. Wir haben oft erfahren müssen, dass Redseligkeit Probleme mit sich bringen kann.«

»Ihr Schweigen hat erhebliche Verzögerungen mit sich gebracht«, wandte Hans ein. »Wenn Sie uns gesagt hätten, dass Sie die Texte lesen können, hätte es die Missverständnisse möglicherweise nicht gegeben.«

»Man fühlt sich sicherer, wenn man eingegraben ist. Auch, wenn einem dann die Welt entgeht. Ich weiß nicht, ob Sie das verstehen können.«

»Doch. Ich kann das verstehen. Mittlerweile.«

Helmut brachte sie zurück in die Gegenwart. »Wie weit sind Sie denn jetzt? Wird es ein Projekt geben?« Er grinste. »Wir sind ja nicht nur zum Spaß hier.«

Warte lächelte zurück und drehte sich zu van Rhin um. »Ich schlage vor, wir sehen uns die Gerätschaften an, und dann referieren Sie den Stand der Dinge. Morgen können wir, wenn es terminlich passt, in Detailverhandlungen einsteigen. Dazu müssen nicht mehr alle anwesend sein. Sie haben sich eine Ruhepause verdient.«

»Ich denke, ich kann das Grobe hier erledigen. Martin wird nächste Woche übernehmen.«

Martin nickte zustimmend. Lydia auch.

* * *

Freitag fuhren Martin, Claudia und Hans am Morgen gen Norden. Es war eine kurze Nacht geworden, denn es hatte noch etliche Fragen zu klären gegeben. Trotzdem waren alle hochzufrieden mit dem Ergebnis.

»Herr Tang wird uns eine persönliche Einladung schicken. Ohne dass wir danach gefragt haben. Egal, ob er sich mit Warte einig wird«, freute sich Martin.

»Was ist das Besondere daran?«, wollte Claudia wissen.

»Wenn du nicht als Tourist in einer Gruppe reist, brauchst du eine persönliche Einladung für das Visum. Mit Angabe von Aufenthaltsdauer und Zweck. Mit anderen Worten, wenn sich dein Geschäftspartner in China querstellt, dann hast du ein Problem. Tang hat uns eine blanko Einladung in Aussicht gestellt. Wenn nötig, dann nur in seinem Auftrag. Wir müssen nur noch eintragen, wen wir schicken wollen. Das ist ein enormer Vertrauensvorschuss. Herr Lange hat mir unter vier Augen gratuliert. Und gesagt, dass er hier in Deutschland das Notwendige organisieren wird, damit wir nicht red-taped werden.«

»Dann kann ja nichts mehr schiefgehen«, sagte Claudia.

»Ich möchte nur einmal so naiv sein wie Frauen«, stöhnte Martin in gespieltem Entsetzen.

»Das stecke ich Lydia«, stichelte Claudia.

»Die ist sowieso ein Drachen wie du. Ihre weiche Schale ist nur Tarnung. Ihr müsst euch prima verstehen, vermute ich.«

»Sie ist mir sehr sympathisch«, gab Claudia zu. »Du magst sie aber auch, oder?«

»Ja, das tue ich. Ich fühle mich von ihr genauso unverstanden wie von meiner Schwester.«

Hans lachte. »Dann tauschst du also Pest gegen Cholera?«

»Was fällt euch beiden Trotteln eigentlich ein!«, empörte sich Claudia. »Ohne mich würdet ihr beide jetzt nicht so gemütlich im Auto sitzen und unterdrückte Minderheiten verhöhnen.«

»Wer dich unterdrücken will, der muss erst noch geboren werden«, gab Martin zurück.

»Stimmt«, sekundierte Hans.

»Ach, macht doch, was ihr wollt.« Claudia verschränkte die Arme und sah aus dem Fenster.

Hans fasste sie sanft an der Schulter.

»Was denn?«

»Danke.«

»Wofür?«

»Dass wir hier zusammensitzen. Ohne dich wäre das nie passiert.«

»Hört. Hört«, sagte Martin.

»Martin?«

»Ja?«

»Ich habe Lydia ein paar Templates hinterlassen. Nicht, dass sie nicht schon viele gehabt hätte. Aber ich nehme an, dass es auch zwischen der Stadtverwaltung und uns Geschäftliches geben wird.«

»Das hätte aber nicht nötig getan«, flötete Martin im Falsett, einen bekannten Klempner imitierend.

Claudia lachte entspannt, und Hans stimmte ein.

* * *

Claudia saß Arm in Arm mit Hans außen auf der Fähre.

»Ich bin gespannt, ob wir Munin noch zu sehen bekommen.«

»Ich auch.«

»Das mit den Keksen war gemein.«

Hans sah sie überrascht an. »Was meinst du?«

»Am Dienstag. Im Auto.«

»Ich wollte nur höflich sein. Immerhin habe ich Martin auch einen angeboten. Und er hat ihm nicht geschmeckt.«

»Vielleicht bin ich ja überempfindlich. Ich hatte den Eindruck, dass da noch ein anderer Gedanke im Spiel war.«

Hans wand sich. »Ja. War es auch. Nur, wie soll ich dir das erklären, ohne dass du es gleich als Beleidigung aufnimmst?«

»Versuch es doch einfach.«

Hans verfiel in Schweigen.

Als er nach einigen Minuten immer noch nichts gesagt hatte, hakte Claudia nach. »Was jetzt? Deine Ehrlichkeit kenne ich bisher anders.«

»Ich möchte dir nicht wehtun. Dieses Mal nicht.«

»Ich bestehe darauf.«

»Bist du sicher?«

»Ja.«

»Unter einer Bedingung. Du springst nicht auf und rennst weg oder so.«

»Ist es denn so schlimm?«

»Eigentlich nicht. Also?«

»Also gut. Versprochen.«

Hans nahm einen gedanklichen Anlauf. »Letzten Samstag war ich ziemlich geknickt. Oscar und Dirk hatten mit mir am Freitag einen Zug durch die Gemeinde gemacht und der Tag war eigentlich schon gelaufen. Ich bin einkaufen gegangen. In der Hauptsache diese Kekse.«

»Ja. Und?«

»Die Dame an der Kasse hat eine Bemerkung gemacht. Sie meinte, dass diese Sorte nach Vogelfutter schmecke.«

»Da hat sie recht.«

Hans räusperte sich. »Worauf ich geantwortet habe, dass sie wahrscheinlich nicht die richtige Frau für diesen Keks sei. Darauf …«

Claudia holte mit der anderen Hand aus und schlug nach Hans. Der hatte es kommen sehen, duckte sich weg und umschlang Claudia, um weiteren Angriffen aus dem Weg zu gehen. Claudia verbarg ihr Gesicht an Hans' Schulter und erwiderte die Umarmung.

»Geht es wieder?«, fragte Hans nach einer Weile.

Claudia drückte sich von ihm weg und kramte nach einem Taschentuch. »Du bist wirklich gemein.«

»Ich war noch nicht fertig.«

»Mit mir?«

Hans rückte etwas näher, woraufhin sie den Abstand vergrößerte.

»Die Bank ist gleich zu Ende.«

»Na und?«

»Dann fällst du runter, weil du versprochen hast, nicht aufzustehen«, erinnerte er sie sanft.

Claudia verschränkte die Arme und lehnte sich mit dem Rücken an ihn. »Ich höre.«

»Die Verkäuferin hat gemeint, sie müsste einen Menschen schon ziemlich mögen, bevor sie sich von ihm mit diesen Keksen füttern ließe. Das hat mich nachdenklich gemacht.«

»Hans. Ich habe dich damals definitiv nicht gemocht. Ich hatte Schuldgefühle dir gegenüber, die ich loswerden wollte.«

»Das ist mir schon klar. Aber Dienstag im Auto? Was ist da deine Ausrede?«

»Sag mal. Versuchst du immer, deine und andere Gefühle zu analysieren?«

Hans legte seinen Arm um Claudia. »Im Moment nicht. Die Sache ist einfach die, dass mir ein Teil meiner Gefühle abhandengekommen ist. Sie sind, immer noch, woanders. Entschuldige.«

Das Schiffshorn kündigte das Ende der Überfahrt an.

»Gehen wir essen?«, fragte Hans.

»Nein. Ich will heute den Rest des Tages mit mir allein sein. Grüß Werner und Munin von mir.«

»Wann sehen wir uns morgen?«

»Wieso bist du da so sicher?«

»Weil ich glaube, dass du zumindest Munin sehen willst.«

»Ich werde darüber nachdenken.«

Sie standen auf und machten sich auf den Weg.

»Claudia?«

»Ja. Was ist denn noch?«

»Ich mag dich.«

»Einfach so?«

»Einfach so.«

»Ich bin immer noch beleidigt«, schniefte sie.

»Das mag ich auch. Wann?«

»Gegen elf? Am Strand? Dann hab ich die erste Runde hinter mir und mich abreagiert.«

»Einverstanden. Danke.«

* * *

Werner begrüßte Hans am Eingang. »Und? Wie ist deine Woche gelaufen?«

Hans wollte eine schnelle Antwort geben. Doch er hielt inne. Werner wartete.

»Ja. Wenn ich es mir echt überlege, dann war es eine super Woche. Ich sehe Alternativen, wo ich glaubte, dass mein Weg zu Ende ist.«

»Das freut mich zu hören.«

»Was ist mit Munin? Hat sie mich vermisst?«

Werner lächelte. »Nicht wirklich. Wir sind viel am Strand gewesen. Flora hat Fangen gespielt und Munin ist eigentlich nur noch aus Bequemlichkeit zurückgekommen. Sie scheint sich mit dem Nahrungsangebot in der freien Wildbahn auch wieder angefreundet zu haben.« Werner schüttelte sich leicht. »Na ja, ich muss ja keine toten Mäuse mögen.«

»Also kein Haus-Tier mehr?«

»Das Wetter ist wärmer geworden. Ich habe im Garten auf einem Baum eine Kiste ausgepolstert. Meist hockt sie morgens auf der Kiste. Und sieht den anderen Raben zu.«

»Du meinst, sie wird sich bald den anderen anschließen?«

»Ich denke schon. Munin sorgt bei uns für ein gutes Gefühl. Aber es ist unnatürlich, nicht wahr? Besser, sich mit Gleichen abzugeben.«

»Ja, besser ist das.«

Werner sah Hans fragend an.

Hans atmete tief ein und aus. »Ich mache mich ständig bei ihr zum Trottel. Trotzdem werde ich sie nicht los. Ich weiß mittlerweile nicht einmal, ob ich das immer noch will.«

»Die Entscheidung kann euch niemand abnehmen. Aber wir Menschen haben ja verschiedene Modelle des miteinander Auskommens, nicht wahr?«

»Wenn ich dich nicht schon kennen würde, dann würde ich unterstellen, dass du in Claudias Auftrag handelst.«

Werner schüttelte den Kopf. »Ganz bestimmt nicht. Ich mische mich etwas ein, ja. Das ist mein Hobby. Aber erwarte nicht, dass ich jemandem sage, was er zu tun hat.«

* * *

Als sie in den Garten gingen, kam Munin von einem Ausflug zurück. Sie ließ sich auf Hans Schulter nieder und zwickte ihn freundlich. Er kramte in seiner Jackentasche nach den Keksen und fütterte Munin.

»Wenigstens du beschwerst dich nicht über die Qualität.«

»Kraah!«

»Nein. Ich besorge dir keine mit Mausgeschmack.«

Munin schnappte sich noch einen Keks und flog zum Baum. Auf der Kiste sitzend zerlegte sie genüsslich die Beute.

»Sie wartet auf etwas, glaube ich.«

»Ja«, sagte Werner. »Ich denke, sie will sich verabschieden.«

»Dann muss sie warten. Ich habe mich mit Claudia am Strand verabredet. Sie wollte sich vorher noch in den Wellen austoben.«

»Wäre das nichts für dich?«

»Nein, ich bin lieber alpin unterwegs. Wandern, Klettern, Trekken. Wir haben viel zusammen erlebt. Aber das ist vorbei.« Er schüttelte heftig den Kopf.

»Ich glaube, für dich ist es noch nicht vorbei. Du solltest in Erwägung ziehen, dich von ihr zu verabschieden.«

»Von wem?«

»Das ist deine Entscheidung.«

»Ich werde darüber nachdenken.«

* * *

Am Abend rief Martin begeistert an. »Hans, der Vertrag ist so gut wie sicher! Warte und Tang haben sich geeinigt.«

»Das freut mich.«

»Hört sich aber gerade nicht so an. Was ist dein Problem?«

»Wie kommst du darauf, dass ich eins habe?«

Martin schnaufte. »Rate mal. Ich kann mich nicht daran erinnern, dass du bisher verbindlich zugesagt hast. Helmut auch nicht.«

»Das ist richtig.«

»Ich werde dich nicht drängen. Dafür bin ich dir zu viel schuldig. Aber es wäre nicht anständig von dir, dich weiter zu drücken. Im Klartext: Entscheide, was du für dich für richtig hältst. Aber entscheide dich. Ich will keinen Zombie im Team, der täglich Was-wäre-wenn Überlegungen anstellt. Ich brauche jemanden, der für mindestens ein Jahr nach China geht. Und zwar das erste Jahr.«

»Ich verstehe.«

»Genau. Ich will niemanden entwurzeln. Vielleicht irgendwann umtopfen. Mal sehen.«

»Viel Erfolg dabei. So ein Pflänzchen würde ich auch hegen.«

»Wieso tust du es dann nicht, verdammt noch mal?«

»Weil ich …«

»Sei doch mal ehrlich dir gegenüber. Du hast keine vernünftige Ausrede. Deine sogenannte Alternative ist ein Weg, den du jederzeit einschlagen kannst. Aber das hier ist etwas, was nicht für alle Ewigkeit auf dich warten wird. Darf ich dir einen Tipp geben?«

»Ich werde es kaum vermeiden können.«

»Gut. Pass auf. Setz dich heute Abend mit einem schönen Glas Bier hin. Dann such dir eine Handvoll Leute aus. Wen du willst. Von mir aus auch Dagobert Duck. Hauptsache ist, dass diese dir persönlich etwas bedeuten. Und mit denen diskutierst du das dann. Nimm alle Standpunkte ein. Wenn du dir unsicher bist, dann lass alle abstimmen. Okay?«

»Das Verfahren kenne ich.«

»Ich weiß. Ich wollte dich nur daran erinnern. Wenn du selbst nicht weiter weißt, dann gründe einen Arbeitskreis.«

Beide lachten.

»Einverstanden. Ich sage dir morgen Abend Bescheid. Verbindlich. Endgültig.«

»Großes Ehrenwort?«

»Du redest wie deine Schwester.«

»So ein Zufall aber auch. Also?«

Hans seufzte. »Ja. Großes Ehrenwort.«

»Wir telefonieren morgen.«

Als er aufgelegt hatte, fühlte Hans sich erleichtert. Wie damals, auf dem Turm. Er schloss die Augen, breitete die Arme aus und stieß einen leisen Schrei aus. Er klang fast wie der eines Raben.

* * *

Am nächsten Vormittag ging Hans mit Munin früh los. Er joggte auf dem Weg im Inneren der Insel bis zum äußersten Westende und konzentrierte sich nur auf das Laufen. Munin wechselte zwischen Mitreisen und Fliegen und ihre Kreise wurden immer größer. Hans machte sich am Strand auf den Rückweg, gemütlich und ließ seine Gedanken um die Alternativen fliegen, ganz wie Munin. Bleiben oder gehen? Bleiben und gehen? Die Aufgabe reizte. Und auch die Randbedingungen. Hans runzelte irritiert die Stirn. Randbedingungen traf die Sache nicht richtig. Es wäre ein wichtiger Punkt. Möglicherweise ein neuer zentraler Punkt. Wenn da nicht die Schuldgefühle wären. Er packte diese auf die andere Seite der Waage. Der Schleier über dem Wasser lichtete sich, die Sonne kam besser durch. In der Ferne waren einige Surfer zu sehen.

Kurz vor der vereinbarten Zeit erreichte er den Treffpunkt und sah den Surfern zu, wie sie über das Wasser flogen. Der kräftige Wind ließ ihre Bewegungen schwerelos erscheinen. Munin krähte aufgeregt und flog los, um einen der Surfer zu umkreisen. Mit dem Erfolg, dass der die Balance verlor und schimpfend im Wasser landete. Claudia. Nachdem sie wieder in Fahrt kam, ließ Munin sich auf der Schulter mitnehmen, was für schadenfrohe Ausrufe am Strand sorgte. Claudia kam zum Strand und packte ihre Surfausrüstung ein.

»Hallo Hans.«

»Hallo Claudia. Munin hat dich zuerst erkannt.«

Sie lachte. »Ja.« Sie streichelte den Raben am Schnabel. »Ist jetzt ziemlich selbstständig unterwegs, nicht wahr?«

»Hat Werner auch gesagt.«

»Wartet kurz, ich ziehe mich um.«

* * *

Zehn Minuten später stand sie vor ihnen und sah Hans fragend an.

Hans nickte, ging einen Schritt auf Claudia zu und legte vorsichtig seinen Arm um ihre Hüfte. »Was meinst du?«

»Bist du sicher?«

»So sicher, wie ich es im Moment sein kann.« Claudia hakte sich unter. »Lass uns ein Stück zusammen spazieren gehen.«

Als sie Abstand von den anderen gewonnen hatten, fragte Claudia. »Wofür hast du dich entschieden?«

»Ich werde Martin unterstützen. Und ich werde nach China gehen. Zumindest für das erste Jahr. Der Abstand wird mir guttun, glaube ich.«

Claudia nickte. »Das ist schön. Dann werden wir uns ja demnächst häufiger sehen.«

Hans sah sie an. »Geht das denn überhaupt? Ich meine, dein Geschäft und so?«

»Ja. Es geht tatsächlich. Ich habe nicht vor, das aufzugeben. Im Gegenteil. Ich will es vergrößern. Rate mal, wo.«

»Da hast du dir aber eine ganze Menge vorgenommen.«

»Ich weiß. Ich habe schon die eine oder andere Idee, wie das klappen könnte. Das Schönste daran ist, dass Herr Tang das Ganze wahrscheinlich finanziert.«

»Bist du etwa schon auf ihn zugegangen?«

Claudia schüttelte den Kopf. »Nein. Natürlich nicht. Das wäre unprofessionell. Erst dieses Projekt. Aber wenn es läuft wie geplant, entsteht daraus ein Handwerkszweig, der sehr nahe an meinen beruflichen Themen ist. Aber das ist noch Zukunftsmusik.«

»Das hört sich gut an.«

Munin hatte abgehoben und umkreiste die beiden. In der Entfernung war eine Gruppe Raben zu sehen.

»Ich glaube, es ist so weit«, sagte Claudia mit einer gewissen Wehmut.

»Ja. Zeit um Vergangenes loszulassen und Neues festzuhalten.« Er nahm ihre Hand. »Claudia, ich kann dir nichts versprechen. Aber ich bin neugierig, es herauszufinden.« Claudia erwiderte den Händedruck.

Die anderen Raben hatten zu Munin aufgeschlossen. Zusammen mit ihr umkreisten sie Claudia und Hans so nahe, dass sie sie hätten berühren können. Dann änderte die Gruppe ihre Flugrichtung, und die Raben entschwanden im Westen am Horizont.